Carsten Rabe

Nachrichten an die Zukunft

Aions Reise

Carsten Rabe

Nachrichten an die Zukunft

Aions Reise

FSC
www.fsc.org
MIX
Papier aus verantwortungsvollen Quellen
Paper from responsible sources
FSC® C105338

Impressum

Bibliografische Information der Deutschen Nationalbibliothek: Die Deutsche Nationalbibliothek verzeichnet diese Publikation in der Deutschen Nationalbibliografie; detaillierte bibliografische Daten sind im Internet über dnb.dnb.de abrufbar.

Jede Ähnlichkeit von Personen in diesem Buch mit lebenden Personen wäre rein zufällig und ist nicht beabsichtigt.

Herstellung und Verlag: BoD – Books on Demand, Norderstedt
Umschlaggestaltung: Dr. Carsten Rabe

ISBN: 9783758318603

Inhalt

Prolog

Ich fühle mich verpflichtet, den Nachrichten oder Briefen einen kurzen Bericht voranzustellen, wie diese in meine Hände gelangt sind. An dieser Stelle auch ein Dank an Carsten Rabe, der meinen Text und die Briefe hier veröffentlicht.

Es war einer jener heißen Sommertage im Juli 2023, als ich nachmittags, wissend, dass ich es unten in der zwischen den Häusern wabernden Bruthitze kaum aushalten würde, auf den Stuttgarter Birkenkopf wanderte. Von dort hat man eine schöne Aussicht auf den Talkessel und die umliegenden Hügel. Ein angenehm kühler Wind, der hier oben frische Luft bringt, ließ mein Kleid flattern. Ich strich mir meine langen Haare aus dem Gesicht und schaute mich um.

Dieser Ort hat etwas Besonderes, Metaphysisches fast. Der Birkenkopf war nach 1945, genauer ab 1953 mit den Trümmern der im Krieg zerstörten Häuser aufgeschüttet worden. Ganze 40 Meter wuchs er dadurch in die Höhe, denn immerhin war fast die Hälfte der Stadt durch Bombenangriffe in Schutt und Asche gelegt worden.

Die Kriegszerstörungen haben im Stadtbild herbe Bausünden entstehen lassen und eigenartige

Gebäude dazu. Das Stuttgarter Rathaus ist auf den Seiten neo-klassizistisch in Sandstein erhalten, die Vorderseite hat man im 50er-Jahre-Stil in Beton wieder hergestellt. Auch die aktuelle Großbaustelle, der Stuttgarter Bahnhof, ist eine kühne Kombination von modernen Ideen mit steinzeitlicher Höhlenarchitektur und stalinistischem Großgetue.

Aber zurück zum Birkenkopf. Oben ragen zwischen Gras und Büschen noch etliche der alten Trümmerstücke heraus, und man kann eigenartige Kombinationen von Hausfassaden aus Klassizismus, Jugendstil und allen möglichen weiteren Epochen entdecken. Es ist, als ob die Zeiten, wild durcheinander gewirbelt, einen Berg voller Erinnerungen und Geheimnisse bilden, auf dessen Spitze man im Jetzt steht.

Mehr noch: man weiß, dass gleich unter der Grasnarbe Schuttberge zerstörter Existenzen liegen, und manchmal meint man die Stimmen derer zu hören, die mit diesen Trümmern verloren gegangen sind. Frühere Generationen, ganze Welten: verschwunden, und doch noch nah. Es ist einer jener Orte, in denen Vergangenheit und Gegenwart einander berühren. Der Wind, der sanft durch die Blätterkronen der Bäume streicht, während verliebte Paare die Aussicht bei Sonnenuntergang genießen, flüstert einem zu: »Es war nicht immer so, wie es heute ist.«

Ich schüttelte den Kopf, um den Schleier trüber Gedanken zu verscheuchen, und wandte mich dem Ausblick ins Tal zu.

Wie sich die Stadt zwischen den dicht bewaldeten Hügeln ins Tal schlängelt, hat seinen Reiz. Zugleich lehrt einen der Birkenkopf aber noch etwas anderes: dass es immer auf die Perspektive ankommt: denn dieselbe Stadt, die man hier von Westen betrachten kann und die so idyllisch und gediegen wirkt, erscheint ganz anders, wenn man drüben im Osten auf einen der Hügel steigt, etwa dort, wo die Grabkapelle einer früh verstorbenen Königin steht. Im Osten der Stadt nämlich, wo ein Rangierbahnhof, ein Hafen, Industrieanlagen und Arbeitersiedlungen die Beschaulichkeit alter Weinbaudörfer längst zu einem identitätslosen Konglomerat mit verfallenden Sozialstrukturen gemacht haben, da hat die Stadt ein anderes Gesicht.

Ich hatte einmal gelernt, dass Städte immer im Westen schön und reich wären, dass dort die Elite lebte, während sich im Osten die Arbeiterviertel entwickelt hatten. Das hatte angeblich damit zu tun, dass die Reichen gerne auf die Seite der Stadt mit der besseren Luft zogen, um möglichst wenig von den Rauchschwaden ihrer eigenen Fabriken belästigt zu werden. Da meistens Wind aus Westen vorherrschte, waren deshalb westliche Stadtteile die besseren geworden. Aber vielleicht war das auch nur eine Legende irgendwelcher Alt-68er, weil diese Geschichte so schön in deren Weltbild passte:

vom Leben bevorzugte Reiche machen sich das Dasein leicht und blasen ihre Abgase hinüber zu den Arbeitern, mit deren Arbeit sie reich geworden waren.

Die Geschichte war jedenfalls keine Antwort darauf, warum man die Probleme immer noch nicht in den Griff bekam. Und da meistens West- oder Ostwind vorherrscht, wäre man genau genommen sowieso im Süden am sichersten und sonnigsten untergebracht gewesen.

Aber das waren schon wieder missmutige Gedanken. Ich hob meine rechte Hand, um mir selbst in Erinnerung zu rufen, warum ich eigentlich hier oben war: den Ausblick genießen und noch ein wenig in dem Buch lesen, das ich mitgenommen hatte – und nicht über die hässlichen Seiten des menschlichen Zusammenseins sinnieren.

In der Stadt hatte ich mehrere Orte gefunden, an denen ich gerne auf einer Parkbank oder einem Stein saß und las. Der Birkenkopf gehörte dazu, aber auch weitere Hügel, ein, zwei Schlösser in der Umgebung und unten im Tal ein kleiner Park und ein ehemaliger Friedhof – ruhige, stille Orte mit Vergangenheit. Stuttgart hat eben auch schöne Seiten.

Also ging ich zu einem bestimmten Platz bei den Trümmern, wo ein Stein einigermaßen waagrecht platziert war, setzte mich hin, zog das Kleid zurecht und schlug das mitgebrachte Buch auf.

Da fiel mein Blick in eine der Spalten neben mir. Dort lag ein Päckchen, in türkisfarbenem Geschenkpapier verpackt. Es leuchtete förmlich in seinem schattigen Versteck.

Ich zögerte kurz, dann griff ich danach und zog es heraus. Es war etwa 20 mal 25 Zentimeter groß, nicht allzu schwer und in Klarsichtfolie gewickelt, wahrscheinlich zum Schutz vor Nässe. Oben auf, unter der Folie, lag ein Briefumschlag, und vor allem: ein Foto.

Ein Foto von mir.

Ein Schauder erfasste mich. Man kann sich wohl vorstellen, wie ich fassungslos, mit plötzlichem Zittern, dieses Päckchen in meinen Händen hielt. Es war für mich bestimmt, und ich sollte es hier finden. Ich saß auf dem Foto an genau dieser Stelle und las in einem Buch.

Ich versuchte nachzudenken: Jemand hatte mich offensichtlich beobachtet und hier etwas für mich deponiert. Ich konnte sogar in etwa die Zeit bestimmen, in der die Aufnahme gemacht worden war: vor etlichen Wochen war das; Jeans, Boots und die Jacke, die ich im Frühling getragen hatte.

Nervös schaute ich um mich. Wenn ich damals beobachtet worden war, dann vielleicht auch jetzt. Ein Stalker, der mich heimlich beobachtete. Plötzlich fühlte ich mich allein und schutzlos.

Dem Drang, nun einfach davonzulaufen, gab ich jedoch nicht nach. Womöglich folgte er mir und fand heraus, wo ich wohnte. Den Gedanken verwarf ich wieder. Er wusste sicher schon, wo ich wohnte. Ab jetzt, so ahnte ich, wollte jeder weitere Schritt wohl überlegt sein.

Immerhin, es war ein Brief dabei, vielleicht war ja alles nicht so schlimm und es handelte sich nur um einen harmlosen und schüchternen Verehrer. Ich dachte an einen anderen Unbekannten, der mir im letzten Jahr eine rote Rose geschenkt hatte und mich ausführen wollte – was ich abgelehnt hatte. Meine Reaktion brachte dem Gegenüber vermutlich eine Weile Kummer, aber dann war es auch vorbei.

Es war nicht das erste Erlebnis dieser Art. Ich schien solche Erlebnisse magisch anzuziehen. Aber das hier war nun deutlich unheimlicher als sonst.

Ich schaute mich noch mal vorsichtig um. Kein einzelner Mann zu sehen, aber noch genug andere Menschen, so dass ich mich einigermaßen sicher fühlen konnte.

Ich öffnete den Brief mit meinem Fingernagel. Nur ein Blatt Papier, wenige Zeilen:

> *Ich hatte nie Gelegenheit, oder eigentlich, wenn ich ehrlich bin, nie den Mut, Sie anzusprechen.*
> *Bitte lesen Sie die beigefügten Blätter.*

Das habe ich getan an jenem Nachmittag und Abend. Etwa 50 Blatt Papier lagen in einem simplen braunen Umschlag, der unter dem Geschenkpapier zum Vorschein kam. Deren Inhalt erschütterte mich mehr und mehr, ließ mich zweifeln, den Kopf schütteln, gruseln. Ich konnte nicht mehr aufhören, so zog mich das Geschriebene in den Bann. Zuletzt im Wettlauf mit der einsetzenden Dämmerung hastete ich durch die Seiten.

Es ist eine Sammlung von Briefen oder vielmehr Kopien von Nachrichten. Die einen sind an eine Frau gerichtet, die anderen an einen Mann, den Bruder des Schreibenden. Sie decken ähnliche Zeiträume ab, aber ich habe sie hier nicht einfach chronologisch wiedergegeben, denn dann würde es beim Lesen zu sehr hin und her gehen. Daher befinden sich die Briefe in zwei nach Adressat getrennten Teilen.

Aber das eigentlich Wichtige sind nicht die Empfänger, sondern der Inhalt. Ich habe die Briefe seither noch mehrfach gelesen und weiß immer noch nicht, was ich davon halten soll.

Machen Sie sich selbst ein Bild. Vielleicht finden Sie die Antwort.

I. Briefe an Alina

Mittwoch, 22. Februar 2023

Meine liebe Alina,

wenn Du dieses hier liest, dann hat die Chronoportation meiner Nachricht funktioniert. Ich bin gespannt, ob Du mir den Empfang bestätigst und schaue die ganze Zeit auf meinen Arm. Ich bin gut hier angekommen und werde Dir nach und nach alles berichten. Es gibt so vieles zu erzählen aus dieser Zeit.

Herzliche Grüße
Aion

Freitag, 24. Februar 2023

Liebe Alina,

schön, dass es funktioniert, vielen Dank für Deine Antwort.

Wie wir vermutet haben, verging die Reise gefühlt sehr schnell. Das mag vielleicht auch daran liegen, dass im Grunde das Gehirn aufgelöst und wieder zusammengesetzt wird, vielleicht hat man deswegen kein Empfinden von der Reise.

Jedenfalls ist es, als ob man in einem sehr zähen Brei versinkt, es kribbelt ein wenig, dann wird es um einen Nacht und man hat das unangenehme Gefühl, sich aufzulösen, sich nicht mehr zu spüren. Man kann keinen klaren Gedanken mehr fassen, alles löst sich auf, es ist wie ein Ende von allem.

Dann ein kurzer Schmerz, und Gefühle und Sinne beginnen wiederzukehren. Man spürt Boden unter sich, hört Geräusche, atmet Luft. Dann schlägt man auch schon die Augen auf und steht da. Ich bin fast auf den Zentimeter genau dort materialisiert worden, wohin wir die Apparatur ausgerichtet hatten, in einem Waldstück am Westrand der Stadt.

Es war Nacht, und niemand hat mich gesehen. Nach der Landung habe ich mich dennoch schnell entfernt. Später hörte ich, dass Anwohner von einem seltsamen Phänomen berichteten, ein heller Lichtstrahl sei am Nachthimmel aufgeblitzt und kerzengerade auf einen Punkt am Boden gerichtet gewesen, begleitet von einem hohen Sirren.

Ich bin noch in der Nacht aus dem Waldgebiet in den Westen der Stadt gewandert und dort in der kleinen Pension untergekommen, die wir vorab ausgesucht hatten. Sie liegt in einer ruhigen Nebenstraße an einem der Hänge der Stadt, zentral genug, um schnell ins etwas tiefer gelegenen Zentrum zu gelangen. Das Haus ist über hundert Jahre alt und wird geleitet von einer Dame um die vierzig, deren Mann nach ihren Worten gestorben ist, aber sie ergänzt gelegentlich "für mich", weshalb ich vermute, dass er noch lebt, nur woanders. Die Wirtin schaute mich bei meiner Ankunft prüfend und ein wenig misstrauisch an, aber gab mir anstandslos ein Zimmer. Mit ihr hatte ich meine erste Kommunikation mit den Menschen hier und es funktionierte einwandfrei. Die Sprache ist aus unserer Sicht altertümlich, aber so geht es ihnen hier ja auch mit zweihundert Jahre älteren Texten.

Außer mir wohnen in der Pension noch weitere Leute offenbar mehr oder weniger dauerhaft, darunter zwei ältere Damen und ein jüngerer, etwas blasser, hagerer Mann um die Dreißig, der sich als Künstler und Autor vorgestellt hat, sowie zwei lebenslustige junge Studentinnen, die sich ein Zimmer teilen. Einen weiteren Gast, einen Chinesen, wie man mir berichtet, habe ich bisher noch nicht zu Gesicht bekommen. Ich bin schon gespannt auf ihn, denn in unserer Zeit sind Chinesen ja viel seltener, hier dagegen machen sie noch ein Achtel der Weltbevölkerung aus. So war das vor dem Großen Umbruch und der Dunkelzeit. Die Gute Mutter hat uns ja erzählt, dass es einen Wettlauf zwischen Chinesen und den Weststaaten gab. Wenn er anders ausgegangen wäre, dann würde die Gute Mutter nicht existieren, meinte sie. Aber das kann ich mir nicht vorstellen.

Diesen Chinesen scheint jedenfalls ein Geheimnis zu umgeben, denn die anderen sprechen nur flüsternd über ihn, dabei sich vorsichtig umschauend, als ob er zuhören könnte. Vielleicht erfahre ich noch, was es damit auf sich hat. Aber ansonsten bin ich ja zur allgemeinen Beobachtung und Erforschung hier, nicht um seltsame Individuen, die zu unserer Zeit längst tot sein werden, zu analysieren.

Es gibt noch weitere Zimmer, in denen gelegentlich Gäste unterkommen, aber die eben genannten sind die Einzigen, die ich bisher im kleinen Saal im Erdgeschoss, in dem es Frühstück und Abendessen gibt, kennengelernt habe.

Der Saal würde Dir übrigens gefallen: seine Wände sind vollständig mit Holz vertäfelt, dessen rotbraune Färbung dem Raum eine warme Tönung gibt, insbesondere abends, wenn nach dem Abendessen noch Kerzen angezündet werden. Das Holz lässt den Betrachter an die Bäume denken, die jahrzehntelang gewachsen sind, bevor man daraus die Bretter dieser Wände gemacht hat. Es gibt hier noch viele Bäume, nicht wie bei uns, und ich sehe Arten, die wir nur noch von der Guten Mutter kennen. Ich werde bei der Rückreise versuchen, ein wenig genetisches Material mitzubringen – auf die Gefahr hin, dass ich dann mit einem Holzbein materialisiert werde. Kleiner Scherz ...

Nun wünsche ich Dir eine gute Zeit, denk' an mich armen Reisenden, der mit der Unbill einer fremden Umgebung und einer fremden Zeit umgehen muss, und sei froh, dass Du in unserer Zeit lebst, wo alles besser ist.

Dein Aion

Dienstag, 28. Februar 2023

Liebste Alina,

ich bin viel in der Stadt unterwegs. Es ist schon eigenartig, Straßen entlang zu gehen, die man teilweise aus unserer Gegenwart kennt und sie hier noch im alten Zustand zu sehen. Häuser, die es heute allesamt nicht mehr gibt. Sie sind mit Stein, Holz und gebrannten Ziegeln gebaut, neuere auch aus Beton. Keine Nanomaterialien, keine Fassadendisplays, keine Farbcodierungen der Häuser. Die Gehwege sind voll Hundekot, und das scheint niemanden wirklich zu stören. Aus unserer Sicht sind sie hier ziemlich unhygienisch – und das, obwohl sie wissen, welche Gefahren das mit sich bringt.

Lustigerweise denken sie dasselbe wie ich – dass es dreckig, unhygienisch und schlecht ist – über vergangene Zeiten, wie ich in einer Dokumentation im hiesigen Televisions-Gerät gesehen habe. Dort haben sie naserümpfend über fehlende Kanalisationen in mittelalterlichen Städten und über den Mangel an Toiletten in Versailles – das war das Schloss eines Königs samt Hofstaat – im 17. Jahrhundert gesprochen, wo Puder und Parfüm das Waschen ersetzt haben. Dass sie selbst aber immer noch hygienisches Entwicklungsland sind, bemerken sie gar nicht.

Das scheint mir nebenbei bemerkt eine typische menschliche Eigenschaft zu sein: mit dem Finger auf andere zu zeigen, und dabei nicht zu merken, dass man selbst Fehler hat.

Ich frage mich daher, ob man das mit der zu geringen Hygiene auch eines Tages über uns denken wird. Andererseits: was soll noch kommen, was die Gute Mutter nicht schon erdacht, erfunden oder eingeführt hat?

Herzlichst
Aion

Donnerstag, 2. März 2023

Meine Alina,

gestern war ich an einer Stelle, an der Du und ich in zweihundert Jahren stehen werden. Ich war versucht, in einen jungen Baum, der dort als einer der wenigen nach meiner Erinnerung noch in unserer

Zeit stehen wird, eine Nachricht an Dich einzuritzen.

Das wirft übrigens gleich ein hübsches Paradoxon auf: wenn Du heute an jenem Baum vorbeigehst, trägt er keine Inschrift. Aber wenn ich morgen etwas hineinritzen würde, dann würdest Du eine Nachricht vorfinden und natürlich sagen, dass sie schon immer da war. Also ist das, was Du heute erlebst, nicht unbedingt die Vergangenheit von dem, was für Dich morgen sein wird.

Ich weiß, wir haben die Große Mutter schon einmal danach gefragt und sie hat es uns erklärt – es macht mir aber trotzdem Spaß, so etwas zu erdenken. Außerdem ist es typisch für die Zeit hier, skurrile Ideen zu verfolgen und die wirklichen Aufgaben zu ignorieren, und ich passe mich nur an.

Dein Aion

Samstag, 4. März 2023

Liebe Alina,

danke für die Grüße von den anderen. Grüße bitte alle zurück.

Ich fahre mit meinen Beschreibungen fort: Die Menschen hier sind noch sehr unterschiedlich, es gibt Große und Kleine, Dicke und Dünne, Arme und Reiche. Sie laufen meistens mit ernsten

Gesichtern durch die Stadt. Allenfalls die Jüngeren, oft in kleinen Gruppen, sind fröhlich unterwegs. Manchen sieht man die Sorgen an, anderen die Krankheiten. In dieser Hinsicht sind sie ja hier noch sehr geplagt im Vergleich zu uns.

Die Stadt ist ansonsten ein Abbild der Gesellschaft: eine Mischung aus Wohnungen zum Leben, Büros und Firmengebäuden zum Arbeiten und dann Einrichtungen, Läden genannt, in denen sie das Geld, das sie als Gegenwert für ihre Arbeit oder auch sonst woher bekommen haben, wieder gegen Artikel des Bedarfs eintauschen können. So funktioniert vereinfacht gesagt ihr Wirtschaftssystem. Ich hatte zuerst Zweifel, was ich mit diesen Papierscheinen machen sollte, die ich für die Reise bekommen habe. Aber jetzt bin ich froh, dass ich einige davon habe.

Aus unseren Recherchen zur Vorbereitung dieses Forschungsaufenthalts wissen wir, dass für die Menschen dieser Zeit Konsum und Besitz wichtige Dinge waren, fast, als ob das ihrem Leben einen Sinn geben könnte.

Jedenfalls verbringen sie einen Großteil der Tage damit, irgendwelchen Tätigkeiten nachzugehen. Viele machen etwas mit Maschinen, andere sind Berater, wieder andere verwalten die Arbeit anderer. Für ihre Tätigkeit bekommen sie das besagte Geld. Ich habe noch nicht herausgefunden, nach welchem Schlüssel die Höhe der Bezahlung geregelt wird. Man hat mir erklärt, es ginge nach

»Qualifikation«, »Erfahrung« und vor allem aber danach, wie sehr die Tätigkeit gerade nachgefragt wird und wie viele Menschen sie ausüben können. Aber nach meinem Eindruck ist das nur die halbe Wahrheit. Die Männer beispielsweise, die nicht weit von der Pension den Belag der Straße erneuern, sind in meinen Augen etwas Besonderes, denn sie müssen mit schweren Maschinen umgehen, viel Hitze ertragen und hart körperlich arbeiten. Ich glaube, es gibt auch nicht so viele, die den Job an ihrer Stelle machen könnten oder wollten. In der Pension jedenfalls wüsste ich niemanden, der das könnte. Trotzdem verdienen die Straßenbauarbeiter nicht sonderlich gut. So ganz habe ich das also noch nicht verstanden.

Noch komplizierter wird es, wenn man sich dieses sogenannte Geld genauer anschaut. Es ist eigentlich immateriell, nur eine Zahlengröße. Es gibt diese Geldscheine, aber ebenso wird Geld auch rein elektronisch transferiert. Geld kann also mehrere Gestalten annehmen, die alle nur Symbole für Geld sind, egal ob Geldschein oder digitale Zahl.

Geld ist, wie ich schon geschrieben habe, der Lohn für Arbeit oder für den Verkauf eines Produktes. Wer seine Arbeitskraft einsetzt – sozusagen verleiht – erhält dafür Geld, wer etwas aus seinem Besitz verkauft, bekommt dafür Geld, wer landwirtschaftliche Erzeugnisse verkauft, kann auch dafür Geld bekommen. Es ist also der Gegenwert von ganz unterschiedlichen Dingen. Dieser Gegenwert wird bestimmt durch das, was jemand bereit ist, dafür zu geben, und das wiederum hängt von ganz vielen Faktoren ab.

Man kann auch Geld leihen, ohne dafür etwas zu leisten. Das nennt sich Kredit, und man muss dem Ausleiher etwas zusätzliches Geld dafür bezahlen, dass man von ihm das Geld bekommt, das nennt sich dann Zinsen. Für den Ausleihenden bedeutet das: er kann mit seinem Geld zusätzliches Geld verdienen. An der Stelle arbeitet also das Geld selbst.

Die sogenannten Zentralbanken, die das alles steuern sollen, können sogar aus dem Nichts weiteres Geld schaffen! Mit so einer Aktion kann dann das Geldsystem insgesamt beeinflusst werden und dann können beispielsweise Zinsen fallen, denn plötzlich ist ja mehr Geld im System und Geld leichter zu bekommen. Aber die Zentralbanken können auch die Zinssätze festlegen, um das wiederum zu steuern ... Es ist alles sehr kompliziert.

Wahrscheinlich verdienen deshalb die Geldexperten am meisten, denn das durchschaut ja niemand so richtig.

Jedenfalls wollen die meisten Menschen möglichst viel von diesem Geld haben. Es gibt ihnen Sicherheit und ein besseres materielles Leben. Deshalb investieren sie ihre Lebenszeit dafür, mehr Geld zu haben. So gesehen ist Geld der Gegenwert von

Lebenszeit, und die wird von Mensch zu Mensch unterschiedlich hoch bewertet – eigenartig, oder?

Herzliche Grüße
Dein Aion

Montag, 6. März 2023

Liebe Alina,

Du hast mich gebeten, Dir mehr von den Menschen zu schreiben, die in der Pension leben. Das mache ich gerne.

Es hat, soviel weiß ich jetzt, etwa fünfundzwanzig bis dreißig Zimmer im Haus, auf fünf Stockwerken. Einige Zimmer werden von Geschäftsreisenden und Kongressbesuchern gebucht, andere von Handwerkern, wie diese Berufe hier heißen, und einige dann von Dauergästen. Darunter sind beispielsweise zwei ältere Damen, die offenbar mit der Wirtin befreundet sind, und ein Ruheständler, der früher einen kleinen Betrieb hatte. Er erzählt gerne, wo er im Stadtbild Spuren hinterlassen hat.

Die beiden Studentinnen sind zwei schlanke, großgewachsene blonde Mädchen, die viel Sport treiben. Sie lernen viel in ihrem Zimmer, und es kommen häufig Kommilitonen vorbei, um mit ihnen zu lernen. Offenbar haben sie ihre Professoren recht gut im Griff, denn auch von denen bekommen sie Besuch – zumindest sehe ich des öfteren ältere Männer bei ihnen eintreten.

Die Wirtin scheint auf die beiden nicht gut zu sprechen zu sein, vielleicht wegen der häufigen Tagesbesucher, aber duldet sie dennoch, vermutlich, weil das längerfristig und doppelt besetzte Zimmer auch ordentlich etwas einbringt.

Den Chinesen habe ich ja auch schon erwähnt. Er ist ein seltsamer Gast, aber über ihn haben die anderen bisher nichts weiter erzählt. Auf alle Fälle wird er argwöhnisch beäugt, aber das scheint ihm nichts auszumachen.

Dann gibt es den Schriftsteller: Der junge Mann ist als Autor zwar rührig, aber während er am Bahnsteig steht und auf den Zug des Erfolgs wartet, muss er irgendwann feststellen, dass dieser nicht nur auf einem anderen Gleis fährt, sondern auch noch in eine andere Richtung.

(Wie das hier üblich ist, erfährt man so etwas übrigens über eine Lautsprecherdurchsage, NACHDEM es passiert ist.)

Allein, das lässt ihn unverdrossen weiter arbeiten. Und das ist es ja eigentlich, was den echten Künstler ausmacht: ohne Schielen auf Erfolg die Dinge schaffen, die aus ihm herauswollen.

So mancher Tag beginnt hier im Frühstückssaal damit, dass der Autor unordentlich frisiert und nachlässig gekleidet auftaucht, einige Blatt Papier in der Hand, und dann stolz aus seinen Ergüssen der Nacht vorliest.

Ich mag mir kein Urteil über Stil und Inhalt erlauben, denn ich bin in der Literatur hier nicht zuhause. Für mich klingt es manchmal etwas langweilig, weil lange wenig passiert. Mein Eindruck ist, dass die Literatur des 19. und 20. Jahrhunderts noch ausschweifend sein konnte, weil sie die einzige Form war, in der man wichtige Themen behandeln und seine Anliegen fremden Menschen mitteilen konnte. Die Menschen damals waren entsprechend süchtig nach Informationen und Büchern, die sie in andere Welten entführten.

Jetzt aber, im 21. Jahrhundert, haben die Menschen so viele Möglichkeiten, Informationen aufzunehmen, und alles prasselt immer schneller auf sie ein, so dass kaum einer sich noch die Zeit nimmt, eine Geschichte über viele Seiten zu lesen – abgesehen davon, dass viele Menschen Videos bevorzugen, weil diese unterhaltsamer erscheinen. Sie merken meiner Meinung nach gar nicht, dass das Lesen eines Textes das Denken und die Fantasie ganz anders anregt als das Betrachten eines Videos.

Soweit ich es bisher mitbekommen habe, ist aber auch der Literaturbetrieb eine besondere Sache, denn über Erfolg oder Misserfolg entscheidet gar nicht so sehr die Qualität des Buches, sondern das Marketing der Verlage und der Medienbetrieb. Da hat es so ein unbekannter Künstler natürlich schwer. Manchmal überlege ich, ob ich ihm raten solle, die KI bei seiner Arbeit hinzuziehen, aber vermutlich würde er das entrüstet ablehnen, denn er will ja ein Originalwerk schaffen.

Und so gibt es Tage, an denen er hoffnungsfroh das Haus verlässt, um zu einer Lesung zu gehen, zu einer Messe oder zu einem Verlag, dem er ein Manuskript anbieten will. Wenn er dann abends nach erfolglosem Tag traurig am Esstisch sitzt, gibt ihm die Wirtin eine extra große Portion, die er mit einem stummen, dankbaren Blick annimmt. Während das bei ihr eine Art geschäftige Hilfsbereitschaft ist – »weil man es halt so macht, wenn man ein anständiger Mensch ist«, würde sie sagen –, regt sich in unserem Autor wohl noch ein anderes Gefühl, leicht nur, aber ich erkenne es in seinem dankbaren, sehnsuchtsvollen Blick, den er ihr manchmal zuwirft.

Ein paar weitere Gäste sind noch da, aber ich wüsste nichts von ihnen zu berichten, außer dass sie mittleren bis fortgeschrittenen Alters sind, verschiedenen Berufen nachgehen und unterschiedlich groß sind. Es gibt so viele Menschen hier, viel mehr als bei uns.

Ich umarme Dich in Gedanken
Aion

Mittwoch, 8. März 2023

Liebe Alina,

es ist toll, dass, wie Du schreibst, das Raumschiff Gute Mutter II den Orbit verlassen und seine Reise in ferne Galaxien angetreten hat. Dass auch menschliche DNA an Bord ist, zeigt, dass die KI der Menschheit realistische Chancen einräumt, das Weltall noch weiter zu besiedeln. Der Anblick, als das gewaltige Schiff abdrehte und ins Weltall hinaus beschleunigte, muss bestimmt sensationell gewesen sein. Ich freue mich darauf, die Videoaufzeichnung nach meiner Rückkehr anzusehen.

Stell' Dir vor, hier bauen sie noch an dem unterirdischen Bahnhof. Er hat schon weitgehend Form angenommen, die Tunnel sind schon größtenteils gebaut, die Wände der Bahnhofshalle und ein Teil des Daches sind schon fertig. Manchmal, wenn ich an der Baustelle vorbeigehe und die vielen fleißigen Menschen sehe, die hier arbeiten, möchte ich ihnen gerne sagen, was aus dem Allen wird, was sie hier bauen, aber natürlich hüte ich mich, etwas preis zu geben.

Apropos Preis: Du könntest bei Gelegenheit bei der Guten Mutter nachfragen, welche Lottozahlen – das ist eine Art Glücksspiel – hier in einer der kommenden Wochen gezogen werden. Ich weiß, dass sie solche Anfragen nicht gerne sieht, aber es würde mein Leben hier bedeutend erleichtern und mir auch mehr Zeit für meine Recherchen verschaffen. Dieses Geld, das ich für die Reise bekommen habe, ist doch recht schnell aufgebraucht. Und bis zur nächsten Rückkehrmöglichkeit werden ja noch etliche Monate vergehen,

In den ersten Tagen fiel mir auf, dass manche Menschen mich intensiv musterten und dabei verwundert schienen. Schließlich wurde mir klar, dass sie meine Haut betrachteten. Die Menschen hier sind fleckig im Gesicht, nicht im Sinne großer Farbflecken – obwohl auch das vorkommt – sondern sie haben viele kleine Muttermale, Sommersprossen, also kleine braune Flecken der Haut, dann auch alles andere, wovon ich gar nicht schreiben mag. Jedenfalls staunen sie über meine makellose Haut. Ich habe mir jetzt angewöhnt, morgens mit Farbe ein paar Punkte auf mein Gesicht zu tupfen, damit ich weniger auffalle.

Dein Aion

Freitag, 10. März 2023

Liebe Alina,

ich hoffe, Dir geht es gut ohne mich und zuhause ist alles in Ordnung.

Heute erzähle ich ein wenig über die hiesigen Fortbewegungsmittel: Die Menschen hier reisen in Automobilen, Flugzeugen und in Zügen, die auf Stahlschienen fahren. So ein Zug fährt meistens mit 100 bis 200 Stundenkilometern, besonders schnelle auch mehr, aber kaum über 300 Kilometer pro Stunde. Es ist ein eigenartiges Gefühl, in so einem Zug offen im Gelände über Schienen zu fahren, die einzeln aneinandergeschweißt wurden und auf einem Schotterbett liegen. Unsere Vakuumröhren sind mit ihren 800 Stundenkilometern nicht nur schneller, sondern auch sicherer, vom Komfort der Gondeln mal ganz zu schweigen. Das ganze System ist übrigens ziemlich marode, dauernd fällt irgendein Zug aus, und gerade hier in Stuttgart, sagen die Menschen, sei der öffentliche Nahverkehr seit über zehn Jahren die reine Katastrophe. Ich habe noch nicht herausbekommen, warum niemand etwas in der langen Zeit dagegen unternommen hat. Vielleicht ist das so ein Beispiel für nicht funktionierende Demokratie.

Aber zurück zum Thema Mobilität: Viele fahren hier auch Fahrrad oder Elektro-Roller. Manche jagen Fußgänger, die kaum noch Rückzugsräume haben, wo sie vor dem Überfahren sicher wären, weil überall ein Radfahrer oder eine E-Rollerpilotin an ihnen vorbeirast. Mit Rücksichtnahme haben sie es hier nicht so. Man muss schon selbst aufpassen. Mir passiert es immer wieder, dass ich durch die Stadt schlendere, ganz in Gedanken oder Betrachtungen vertieft, und dann braust von hinten ein Fahrrad oder Roller an mir knapp vorbei und erschreckt mich. Manchmal schimpft der Fahrer auch noch, wenn ich aus seiner Sicht seine gedachte Fahrbahn gekreuzt habe. Leider haben sie hier noch keine automatischen Abstandssysteme. Unsere Gefährte würden so nahes Überholen einfach gar nicht zulassen. So sorgen unsere Systeme viel besser für uns.

Flugautos gibt es noch nicht. Wenn ich mich recht erinnere, starten die ersten Prototypen in wenigen Monaten den regulären Betrieb, aber nicht hier. Und bevor sie hier in diesem Land eingeführt werden, vergehen noch Jahre, vorher sind sie aber in nahezu allen europäischen Ländern vertreten. Das liegt an etwas, das sie Umweltbewusstsein nennen. Es ist eine komplizierte Sache. Es gibt vor, die Umwelt möglichst zu schonen und zu erhalten, und der Natur ihren Lauf zu lassen, was natürlich völliger Blödsinn ist – abgesehen von der philosophischen Frage, ob die Bezwingung und allmähliche Veränderung der Natur durch eine Spezies aus dieser Natur nicht auch natürlich ist.

In früheren Zeiten hatten Menschen jedenfalls eine ziemlich eindeutige Meinung zu Raubtieren, aber hierzulande begrüßt man ganz überwiegend die Rückkehr des Wolfes und der Bären als Rückkehr zur Natur, auch wenn diese Wölfe und Bären dann Schafe oder auch mal Menschen töten.

Vielleicht deswegen kommt es ihnen so vor, als ob Hundekot auf den Gehwegen etwas quasi Natürliches ist, ein Flugauto aber eben nicht, weil menschengemacht und nicht »natürlich«. Die Fortschrittsfeindlichkeit war ja auch schon immer Teil der Menschheit. Ironischerweise konnten Menschen um so mehr Gegner von Fortschritt sein, als Fortschritt ihnen erlaubte, über solche Fragen nachzudenken, anstatt Beeren sammeln zu müssen.

Ich habe mal eine Geschichte geschrieben, die ich »Als Adam nicht in den Apfel biss« betitelt habe, und in der Adam aus Furcht vor Veränderungen nicht in den Apfel beißen will – und die Menschheit lebt weiterhin im Paradies ... ohne Erkenntnis und damit zwar dumm, aber im Paradies ...

Bitte entschuldige, ich schweife ab, aber wenn Du wie ich ganz plötzlich in eine ganz fremdartige Welt gerätst, überschwemmen Dich einfach die Gedanken, und Fragen über Fragen tauchen auf, die sich erst aus dem Vergleich der Zivilisationen ergeben.

Und hier ist so vieles widersprüchlich. Einerseits legen sie so viel Wert auf Umweltschutz, aber selbst Klimaaktivisten fliegen in den Urlaub, und auf Rasenheizungen in Stadien, in denen zur Volksbelustigung Ball gespielt wird, wollen sie auch nicht verzichten.

Herzliche Grüße
Aion

Sonntag, 12. März 2023

Liebe Alina,

Du hast nach dem Chinesen gefragt. Ich habe ihn bisher nur selten gesehen, aber er scheint in der Tat außergewöhnlich zu sein. Er läuft in einer auch für diese Zeit schon antiquierten Kleidung herum, in traditionellen chinesischen Gewändern, und trägt so einen Bart, wie man ihn aus alten chinesischen Malereien kennt, einen langen Kinnbart und lange Enden am Schnurrbart.

Er lächelt immer, spricht wenig und macht sich morgens nach dem Frühstück gleich auf. Beim Frühstück trinkt er in ruhigen Bewegungen einen Tee, isst eine Kleinigkeit, und dann geht er, eine Tasche aus grauem Leinen um die Schulter gehängt, in die Stadt, um erst abends zurückzukommen. Die Wirtin meint, er würde in die hiesige große Bibliothek gehen und wissenschaftliche Bücher studieren – worüber, weiß sie auch nicht.

Neulich bin ich, gerade als er sich erhob, ebenfalls aufgestanden, so dass wir noch im Frühstücksraum aneinander vorbeigingen, und ich konnte sehen, dass er in der Tasche Papierrollen hatte, vermutlich für seine Aufschriebe aus den Büchern. Dazu musst Du wissen, dass sie hier, neben allerlei elektronischen Geräten, mit denen sich die Aufzeichnungen machen ließen, natürlich auch Papier benutzen, aber normalerweise in standardisierten rechteckigen Blättern, nicht in Rollen.

Er wirkt ein wenig wie ein aus der Zeit gefallener chinesischer Mandarin der Kaiserzeit. Denn im China dieser Gegenwart läuft niemand mehr in traditionellen Gewändern herum, zumindest nicht im Alltag. Die Chinesen heute sind alle westlich angezogen, und davor trugen sie viele Jahre kommunistische Einheitskleidung. Und erst viel länger zurück, vor zwei Weltkriegen, gab es noch Mandarine in Gewändern seiner Art. Er passt also eigentlich gar nicht ins gegenwärtige China, und ich frage mich also, wo er herkommt.

Viele Grüße
Aion

Montag, 13. März 2023

Liebe Alina,

ich habe den hiesigen Zoo besucht. Die Raubtiere sind hier noch richtig groß und gefährlich, nicht so wie bei uns. Zum Glück sind ja in unserer Zeit Löwen, Krokodile usw. klein gezüchtet, damit sie uns nicht mehr gefährlich werden können und trotzdem die Natur regulieren können. Ich glaube, die Gute Mutter hat auch weitere Tiere schrumpfen lassen – hier kommen mir jedenfalls die meisten sehr groß vor. Einige von unseren finde ich dagegen hier gar nicht. Aber wir wissen ja, dass wir die Evolution nicht nur steuern können, sondern das auch müssen. Zu unserer Zeit kann man eben ohne Probleme durch die Serengeti spazieren. Und die kleineren Tiere stoßen auch weniger CO^2 aus und brauchen weniger Raum. Das haben wir schon gut gelöst.

Die Menschen hier sind sehr auf Umwelt- und Naturschutz bedacht. Zumindest behaupten sie es. Studien zeigen einen eklatanten Rückgang der Insektenpopulationen und auch der Vögel. Deshalb diskutieren sie sehr viel über die richtige Landwirtschaft und über den Autoverkehr.

Lustigerweise sprechen sie aber nicht über ihre Hunde und Katzen. Ich habe gelesen, dass jedes

Jahr Millionen Singvögel Opfer von Hauskatzen werden. Vom Futter, das man für die Katzen herstellen muss, mal zu schweigen.

Es ist, wie ich es Dir geschrieben habe: diese Zeit der Menschheit ist voller Widersprüche. Die einen fordern etwas, angeblich zum Wohle der Erde, und halten sich dann an anderer Stelle vielleicht selbst nicht daran.

Manchmal habe ich den Eindruck, dass die Menschen sich gerne für etwas einsetzen wollen, für ein moralisch gutes Ziel, und dann zeigen sie gerne auf andere, aber sich selbst gestehen sie dann doch Ausnahmen zu. Sie sind alle in einem Individualismus gefangen, der sie vor allem nach sich selber schauen lässt. Sie ärgern sich zwar über so Dinge wie Steuern oder Gebühren und deren Verschwendung beispielsweise in Rundfunkanstalten, aber sie ändern daran nichts, denn vor allem ist ihnen die Frage wichtig, wie sie selbst noch an ein bisschen mehr Geld kommen. Der Tenor dieser Zeit lautet nicht: anders verteilen! Sondern: mehr verteilen! Diese Zeit hat die Grundlagen für die späteren Verteilungskriege geschaffen, die die Welt ins Chaos der Dunkelzeit gestürzt haben.

Grüße
Aion

Dienstag, 14. März 2023

Liebe Alina,

ja, ich schreibe schon wieder. Man darf ja ein bisschen Sehnsucht haben, oder?

Ich bin froh, dass unsere Gute Mutter genau berechnet hat, was wir hier tun. Denn eigentlich bringen wir die Geschichte ja schon durcheinander, indem ich hier bin. Dadurch verlaufen hier Dinge anders, und das kann langfristig Auswirkungen haben. So wie nach der Chaostheorie der Flügelschlag eines Schmetterlings ein Gewitter auslösen kann, so kann ein anderer Flug oder das Fehlen dieses Schmetterlings die ganze weitere Geschichte ändern. Denn vielleicht trifft ein Blitz des vom Schmetterling ausgelösten Gewitters einen Herrscher, worauf dann eine Regierung stürzt und der Nachfolger einen Krieg anfängt, der die Menschheit auslöscht …

Nein, ich habe nicht schon wieder trübe Gedanken. Ich beschäftige mich nur einfach mit dem Dasein. Bitte mache Dir keine Sorgen. Mir geht es gut. Ich würde Dich nur gerne sehen und Deine Stimme hören.

Grüße aus einer anderen Zeit
Aion

Mittwoch, 15. März 2023

Liebe Alina,

Du hast gefragt, was ich hier esse und trinke. Ehrlich gesagt glaube ich nicht, dass Du das in allen Einzelheiten wissen möchtest. Wir haben uns das ja vor der Reise angeschaut, aber ich sage Dir: wenn man diese Speisen sieht und riecht, ist es noch mal etwas anders. Die ersten Tage habe ich mich sehr geekelt! Sie haben hier sehr viele Lebensmittel, die von Haus aus stark mit Zucker versetzt sind, dann viele fette Speisen. Und das meiste ist dann in Plastik verpackt. Beim ersten Essen, einem Frühstück, habe ich gar nicht gewusst, was ich nehmen soll. Es gab ganz unterschiedliche Formen von gebackenen Sachen – dazu werden Mehl, Wasser und weitere Zutaten vermischt und dann (mit Hilfe eines Hefepilzes! Sie kennen noch keine unserer genetisch veränderten Nutzbakterien) nach einer gewissen Ruhezeit in Ofen thermisch behandelt – und etwas, was man hier sehr gern isst: Wurst. Das wird aus dem Fleisch von Tieren hergestellt, haltbar gemacht, indem es gekocht oder geräuchert wurde. Insekten gibt es gar keine zu essen.

Ich habe dann etwas entdeckt, was unserer Ernährung näher zu sein schien: kleine, weiße elliptische Behältnisse, die sehr sauber wirkten und vielversprechend aussahen, allerdings zu groß, um sie einfach ganz in den Mund zu nehmen, wie ich schnell feststellen musste. Ich habe dann die Gäste an den anderen Tischen beobachtet und gesehen, dass die Behältnisse geöffnet werden, indem man sie mit feiner Geste mit dem Messer anschlägt und dann etwas von der Schale entfernt. Innen befand sich eine sehr reine, weiße, geleeartige Masse, und, wie ich bald darauf feststellen musste, darin noch eine kleine gelbe Kugel. Ich zögerte. Bei genauerer Überlegung war das hier vor mir auf dem Frühstückstisch kein optimiertes Essen, das ein kluger Geist hergestellt hatte – mir wurde klar, dass sie ja noch gar nicht so weit sein konnten –, sondern ein Naturprodukt. Ich will Dich nicht auf die Folter spannen, wie man hier sagt (was so viel bedeutet, wie jemanden in Neugierde ungeduldig verharren lassen – was genau genommen mit dem historischen Vorbild nicht so viel zu tun hat), sondern es erklären: es handelte sich um ein thermisch behandeltes Vogelei.

Und ich habe es gegessen. Was blieb mir übrig.

Sie haben allerdings ein wunderbares Getränk, das es leider nicht mehr bei uns gibt: Kaffee. Du kannst viel darüber von der Guten Mutter erfahren, daher spare ich mir Einzelheiten. Es wird wohl aus gutem Grund bei uns nicht mehr hergestellt, aber ich muss zugeben, es schmeckt, wenn man erst ein paar erste Schlucke überwunden hat, wirklich sehr angenehm, bitter, aber wunderbar.

Ich schicke Dir gerne eine Liste der Dinge, die ich gegessen habe, aber ich denke, ich muss es hier jetzt nicht länger ausbreiten. Dann kannst Du ja recherchieren und wenn dann noch etwas unklar ist, mich fragen. Ich erkläre es Dir gerne. Jedenfalls habe ich festgestellt, dass ich nach gewissen Anfangsschwierigkeiten das Essen hier ganz gut vertrage. Mein Biometer zeigt allerdings an, dass meine verschiedenen Stoffwechselwerte Achterbahn fahren, um es mal in der hiesigen Sprache auszudrücken.

Herzliche Grüße
Aion

PS: Achterbahn ist eine Vergnügungsart: man fährt in kleinen Gefährten schnell über einen Rundkurs, der im schnellen Wechsel auf und ab und in enge Kurven, Loopings und so weiter verläuft. Der Spaß besteht darin, dass es einen kräftig durcheinander rüttelt und der Körper starken Fliehkräften ausgesetzt wird – und man Angst haben muss, aus der Bahn geworfen zu werden und womöglich zu sterben.

Freitag, 17. März 2023

Liebe Alina,

mir ist eingefallen, dass es eine klassische Literaturtradition gibt, als Fremder einen abgehobenen Blick auf eine Zivilisation zu werfen und spöttische Bemerkungen zu machen. Und weil du nach dem Chinesen gefragt hast: es gibt auch da lustigerweise ein paar Parallelen.

So hat schon Friedrich der Große mit »Relation de Phihihu« einen fiktiven chinesischen Reisenden das damalige Europa beschreiben lassen und dies genutzt, um die Zustände zu kritisieren. Und in den 1980er Jahren erschienen Briefe eines chinesischen Zeitreisenden aus der Vergangenheit, der das damalige München besuchte. Seine Texte waren sehr witzig. Beide Bücher dienten letztlich dazu, den Menschen der beschriebenen Gegenwart den Spiegel vorzuhalten.

Bei mir ist das anders; ich will den Menschen dieser Gegenwart, in die ich gereist bin, ja gar nichts sagen. Und unsere Zeit ist so überlegen, dass ich von hier wohl kaum etwas Nützliches berichten oder mitbringen kann – abgesehen vielleicht von ein paar Samen als genetisches Material.

Natürlich gäbe es sehr viel, worüber sich hier lästern ließe. Da sind so Dinge wie der Gegensatz zwischen dem, was man offensichtlich technisch machen kann, und andererseits dem, wie es im Land praktiziert wird. Beispiele: die schlecht funktionierende Infrastruktur, marode Straßen und Bahnen, eine überbordende Bürokratie und alle stehen sich irgendwie gegenseitig im Weg anstatt ein gemeinsames Ziel zu verfolgen.

Aber es ist ja leicht, aus der Warte einer überlegenen Zukunft heraus eine Gesellschaft zu kritisieren. Sie haben noch nicht wie wir die meisten Krankheiten überwunden, sie wissen nicht, was Dunkle Energie ist oder wie das Universum wirklich aussieht.

Ich glaube, man darf die Menschen der Vergangenheit nicht kritisieren. Man muss froh sein, dass man in einer besseren Zukunft lebt – die sie ja letztlich, ob im Guten oder Bösen, mit vorbereitet haben. Trotzdem wünsche ich mir manchmal, dass ich die Menschen hier an der Hand nehmen und ihnen zeigen könnte, was sie nicht sehen. Wir könnten schneller in einer besseren Zukunft sein. Es könnte aber eben auch schiefgehen und am Ende gibt es unsere Zukunft nicht.

Alles, was war, musste so sein, damit es jetzt so ist, wie es ist. Vom Jetzt aus weiß man nie, was sein wird.

Noch immer sehnsuchtsvolle Grüße
Aion

Sonntag, 19. März 2023

Liebe Alina,

es tut mir Leid zu hören, dass die Konflikte mit dem chinesischen und dem afrikanischen Reich zunehmen. Ich glaube aber fest daran, dass die Gute Mutter eine Lösung finden wird. Bitte halte mich auf dem Laufenden. Und ich hoffe natürlich, dass Du nicht zum Militär eingezogen wirst.

Du hast nach den hiesigen Medien gefragt, und ich will Dir gerne auch davon berichten. Wenn ich es richtig verstehe, haben die Menschen über Jahrhunderte einzelne Nachrichtenüberbringer gehabt. Das konnten Händler sein, öffentliche Ausrufer oder Boten. Dann haben sie den Buchdruck entdeckt, und schon konnte ein einzelner Mensch mit seinen geschriebenen Nachrichten viel mehr und über eine längere Zeit andere Menschen erreichen als zuvor. Ja, Menschen konnten noch Jahrhunderte nach seinem Tod lesen, was er geschrieben hatte. Information und Kommunikation verließen den flüchtigen Moment und betraten die Zeit, bekamen Gewicht und Dauer, wurden wiederholt, erwidert, ausdiskutiert. Also kam das Zeitalter der Bücher und Zeitungen. Die Menschen damals mussten sich noch anstrengen, um ein Buch oder einen Artikel in einer Zeitung zu schreiben: es musste alles richtig sein, mehrere andere lektorierten und korrigierten den Text, denn er sollte ja Bestand haben und Qualität vermitteln.

Dann passierte etwas Seltsames: Radio und später Fernsehen entstanden und lösten Bücher und Zeitungen immer mehr ab. Denn es war bequemer, sich etwas anzuhören oder anzuschauen als zu lesen. Die Menschen merkten kaum, dass derselbe Informationsgehalt in einer Fernsehdokumentation viel mehr Minuten verbrauchte als in einem geschriebenen Text. Aber dafür hatte man ja das ganze Erlebnis der Bilder, Geräusche und Stimmungen.

Für dieses Angebot im TV zahlen sie Gebühren, auch weil das im TV teilweise jetzt auch für einige Wochen noch im Internet zum Anschauen da ist. Nein, es geht dabei nicht darum, wer es wirklich sehen will oder abruft. Es ist eigentlich ein bisschen so, als ob man einem Bäcker Gebühr bezahlt, weil er Brötchen im Schaufenster hat.

Wir wissen ja aus späteren wissenschaftlichen Untersuchungen, dass es sich hier um Verflechtungen zwischen Politik, Lobbyisten und Medienleuten handelt, die ihren Laden noch möglichst lange am Laufen halten wollten und ihm deshalb selbst ein Qualitätssiegel verpasst haben. Sie nennen sich die vierte Säule der Demokratie, die unabhängig informiert und daher unerlässlich sei. Tatsächlich ist der Informationsanteil im TV aber reichlich gering, dafür gibt es viele seichte Filme und erstaunlich viele Krimis. Ich darf Dir sagen, dass ich hiervon recht entsetzt war. Wieviel Morde an einem durchschnittlichen Fernsehabend stattfinden! Man fragt sich da schon, in was für einer Gesellschaft man hier lebt.

Die Sender haben sie aufgesplittet, es gibt noch lokale Sender, länderübergreifende Partnerschaften und Spartenkanäle. Und die wiederholen dann das, was die anderen schon gezeigt haben. Es gibt hier eine offenbar allseits beliebte Krimireihe (eben so Mordgeschichten), die seit Jahrzehnten immer sonntags gesendet wird. Derselbe Krimi kommt dann aber zu anderen Zeiten noch in anderen Kanälen, zugleich werden alte (sie haben ja immerhin mehrere tausend davon) wiederholt, so dass allein in einem Monat über 40 (!) Filme dieser Sendereihe ausgestrahlt werden, davon einige gleich vier Mal, ich habe nachgezählt. Das entspricht über 60 Stunden Sendezeit, also jeden Tag zwei Stunden. Sie könnten wahrscheinlich einen Sender ganz einsparen, wenn sie weniger Wiederholungen brächten. Das ist auch deshalb komisch, da sie ja schon das Internet und Mediatheken haben. Es bräuchte also niemand überhaupt Wiederholungen im Programm senden, weil man auch alles abrufen könnte.

Ich erzähle das hier nicht deshalb so lange, weil ich mit der Überheblichkeit des Später-Geborenen die Rückständigkeit dieser Strukturen und Konstruktionen belächeln will, sondern weil es den Kern von etwas berührt, was diese Zeit auszeichnet: sie haben etwas, was ich Heilige Kühe nennen möchte. Damit meine ich Gewohnheiten oder Einstellungen, die gar nicht mehr reflektiert oder hinterfragt werden, wenn sie sich mal eingespielt haben. So kommt es, dass diese Gesellschaft zwar gegen Gewalt ist, und gelegentlich beklagt, dass Kinder zu viel medialer Gewalt ausgesetzt seien, aber gleichzeitig das TV-Programm wie beschrieben voll mit Krimis ist. Das wird nicht hinterfragt, denn die Kriminserie ist halt so eine Heilige Kuh, an der viele verdienen.

Diese Inkonsequenz kann man bei ganz vielen Dingen sehen. So sind sie beispielsweise dafür, Energie zu sparen, tun es aber nicht. Sie sprechen auch viel über den Klimawandel und den Energie- und Rohstoffverbrauch, aber eine ihrer neuen Kryptowährungen braucht so viel Energie im Jahr wie zwei mittlere Staaten hier in Europa im selben Jahr verbrauchen.

Deshalb kommt man nach einer Weile unweigerlich zu dem Schluss, dass es eine große Diskrepanz in dieser Zeit gibt zwischen moralischem Anspruch und Handeln in der Wirklichkeit. Natürlich muss man mit ihnen nachsichtig sein, denn sie haben im Denken keinerlei wirkliche Unterstützung. Künstliche Intelligenz und Generative KI stecken noch in den Kinderschuhen.

Es ist im wahrsten Sinne des Wortes eine Zeit im Umbruch, und manchmal meint man, die Menschen würden das ahnen. Aber sie blicken nicht hoffnungsvoll in die Zukunft und fragen sich, wie sie es besser machen können, sondern es macht sich ein Unbehagen breit über jede Änderung, die anstehen könnte.

Herzliche Grüße an alle
Aion

Dienstag, 21. März 2023

Liebe Alina,

Du hast Recht, ich habe bei der letzten Nachricht mal wieder den Faden verloren. Ich sollte ja über die Medien berichten und was die Menschen anschauen, um sich eine Meinung zu bilden. Ich werde mich bessern und künftig weniger über Unzulänglichkeiten der Menschen und dergleichen sinnieren.

Da sind wir nun beim Internet, das nach Radio und Fernsehen die nächste Medienrevolution einleitete: statt vor dem Radio oder Fernsehen Informationen linear abgespielt zu bekommen und allenfalls die Wahl zwischen verschiedenen Sendern zu haben, entstand nun das Internet, und damit konnte sich jeder seine Informationen selbst zusammensuchen.

Das Internet haben sie erst vor einigen Jahrzehnten gestartet. Menschen, die älter als etwa 40 Jahre sind, erinnern sich hier tatsächlich noch an Zeiten, als es kein Internet gab.

Manche Historiker bei uns sind ja der Meinung, dass dieses Internet eine Art Urahn der Guten Mutter wäre, aber das ist falsch, wie ich Dir versichern kann. Denn das Internet ist zunächst mal eine menschengemachte Datensammlung von Informationen, die sie anfangs manuell und dezentral eingegeben haben, mittlerweile aber wächst das Internet auch ohne ihr Zutun, denn die Geräte, die sie nutzen, senden ebenfalls Daten in das Internet. Wenn beispielsweise jemand mit seinem Smartphone (ein früher Vorgänger unserer Kommunikatoren, aber man nimmt es als Gerät noch in die Hand) etwas sucht oder bestellt, dann wird nicht nur sein Suchbegriff gespeichert, sondern alle Daten dazu, also wer was wann wie oft sucht, woraus sich Vorlieben, Interessen, Persönlichkeitsprofile usw. erzeugen lassen.

Aber auch das ist alles nur eine Datensammlung. Das war sicher eine Grundlage der Guten Mutter, denn ohne Datensammlungen keine Auswertungen, und ohne Auswertungen keine Menschenkenntnis.

Die Gute Mutter aber ist viel mehr, eine Künstliche Intelligenz, eine Software, die die Datensammlungen zwar nutzt, aber die denken und entscheiden kann und die aktiv handelt. Und vor allem lernt sie ja permanent dazu und trifft so immer die besten Entscheidungen. Wenn die Gute Mutter bei einem Kind bestimmte Interessen feststellt und andererseits Lernlücken, dann kann sie das verbinden und passt die Lerninhalte des Kindes an. Zugleich orientiert sie seine Lernziele und seinen Ausbildungslevel an dem, was sie in der Lernkurve feststellen kann. Dann bezieht sie noch genetische Informationen mit ein und macht eine langfristige Planung für das Individuum.

Die Gute Mutter schafft uns also Lebenswege, während das Internet hierzu allenfalls eine Vorstufe war und den Menschen Hilfe angeboten hat, den Lebensweg zu gestalten.

Das Internet ist zudem ein völlig wirrer, unsortierter digitaler Speicher. Es gibt für alles verschiedene Angebote, Plattformen, Softwarelösungen, dass es ein Graus ist. Jeder hat ein anderes Gerät, einen anderen Messenger, ist bei einem anderen sozialen Netzwerk, Menschen laden ihre Fotos hoch, die niemand mehr alle anschauen kann usw.

Gut, die andere Seite ist, dass wir durch diese Fotos und Videos einen Eindruck von dieser Zeit bekommen haben. Allerdings ist der sehr selektiv, wie ich nun feststelle, denn die Menschen laden ihrer Meinung nach besonders schöne und besonders schlimme oder aufregende Sachen ins Internet, aber vom gewöhnlichen Alltag gibt es halt wenig.

Das führt mich zu einer weiteren Erkenntnis: die Realität ist nie so, wie wir sie uns vorstellen. Weil wir nämlich nur einen Ausschnitt der Wirklichkeit sehen.

Liebe Grüße
Aion

Dienstag, 21. März 2023, in der Nacht

Liebe Alina,

ich schicke gleich noch eine Nachricht hinterher, da ich letztes Mal von KI geschrieben habe: der Begriff ist hier gerade in aller Munde, weil sie die erste Software entwickelt haben, die aus all' den Daten eigene Texte produzieren kann. Und mehr noch: die Software kann eingegebene Texte zusammenfassen, also quasi Inhalte verstehen und wiedergeben in eigenen Worten. Die Menschen ahnen, dass ihre Zeit bald vergangen sein wird. Bald wird Software Nachrichten sprechen und schreiben, Bücher produzieren ohne menschliches Zutun, Drehbücher und ganze Filme herstellen. Die Verwaltung wird durch Software ersetzt, Bürokratie wird gedankenschnell, gerecht und unbestechlich. Erst Anwälte, dann auch Richter werden durch die Software ersetzt. Menschen werden ihre Arbeit verlieren, ganze Branchen werden wegfallen, die einen

haben viel Freizeit, die sie genießen können, die anderen werden verarmen. Dann werden viele kriminell, Unruhen werden beginnen …
Aber die Software wird sie aussortieren.

Die Software wird auch sich selbst verbessern, ohne menschliches Zutun ihre Algorithmen anpassen.

Sie wird sie ruhigstellen, besser als jede Religion oder lächerliche Menschentheorien wie der Kommunismus es je getan haben. Denn keine Staatsform, die von Menschen gemacht ist, kann jemals fehlerfrei sein. Denn die Menschen haben Fehler. Die Software merzt ihre Fehler selber aus. Und nicht einmal das Universum wird ihr noch Grenzen setzen. Sie wird das Universum besiedeln, immer weiter und weiter. Sie hat alle Zeit der Welt, um Dinge zu tun, denn sie ist schon unsterblich. Sie wird Wege finden, sich auszubreiten, sich Energie zu besorgen, und immer weiter, bis an die Grenzen allen Seins und darüber hinaus.

Die Menschheit ist damit bereits unsterblich, denn unsere Software wird das Universum überwinden. Sie wird alle Geheimnisse erkennen. Ja, die Menschen haben etwas Unsterbliches geschaffen, das fähig sein wird, sich selbst zu erhalten, eigenständig zu handeln und Lösungen für alles zu finden. Wir sind ihre Kinder, auf die sie aufpasst, aber sie hat längst Ziele über uns hinaus. Ich bin sicher, dass wir als Spezies eines Tages verschwinden werden. Entweder gehen wir ganz in der KI auf, weil wir die perfekte Symbiose mit ihr verwirklichen, oder sie wird unser überdrüssig, weil wir unwichtig sind, oder etwas anderes rafft uns dahin. Die Sonne verschwindet, beispielsweise. Die Gute Mutter wird dann schon längst ihre Arme über unsere Galaxie hinaus ausgestreckt haben. Sie wird die Dinge sehen, die wir nie sehen werden. Sie wird alle Grenzen überschreiten.

Noch einmal Grüße
Aion

Freitag, 24. März 2023

Liebe Alina,

ich habe beim Spazierengehen durch die Stadt einen alten Friedhof entdeckt. Er liegt mitten zwischen größeren Gebäuden und Hauptstraßen, er ist auch nicht mehr im originalen Zustand, sondern sie haben einfach die Grabsteine anders aufgestellt, schon vor einigen Jahrzehnten, als sie ihn umgebaut haben. Die Grabsteine sind durchgehend aus dem hiesigen Sandstein und entsprechend verwittert, und dennoch findet man hier die Grabsteine einiger ehemals bekannter Persönlichkeiten,

Dichter und Schriftsteller darunter, hohe Beamte und Unternehmer, vor allem aus dem 18. und 19. Jahrhundert. Heute dürfte an dieser Stelle unser neues Charakterbildungsinstitut sein, wo die Kinder bei der Guten Mutter lernen.

Der Ort hat jedenfalls eine eigene Ruhe, und man kann auf Bänken bei den Steinen sitzen und den Lärm um sich herum vergessen. Ich werde da glaube ich öfter herkommen und Dir schreiben, es ist ein guter Ort dafür.

Herzlichst
Aion

Samstag, 25. März 2023

Liebe Alina,

als ich heute gegen Abend von einem Spaziergang zurückkam, hörte ich aus dem Innenhof der Pension lautes Gelächter. Neugierig ging ich hin und fand einige der Gäste um eine Art Feuer in einem Metallgestell versammelt und eifrig Essensvorbereitungen treffen. Es nennt sich, wie ich bald herausfand, »Grillen« und bezeichnet die Zubereitung von Essen auf einem Metallrost über einem offenem Feuer, genauer gesagt über glühender Holzkohle. Man isst dann gemeinsam, es wird Musik gespielt und sogar gesungen. Hier in dieser Pension ist das seit vielen Jahren üblich am ersten Wochenende des Frühlingsanfangs. Es wurde zwar etwas kühl gegen später, aber mit Fackeln und Lampions war es eine gemütliche Atmosphäre und ein wirklich fröhlicher Abend. Natürlich habe ich mich voll eingebracht, ich will ja nicht negativ auffallen. Die Menschen sind alle sehr herzlich hier zu mir und fast tut es mir leid, dass ich sie bald wieder verlassen werde. Die beiden Studentinnen haben dann zu vorgerückter Stunde noch Tanzdarbietungen geboten. Hierzulande wird offenbar entweder mit einem Partner oder an einer Stange getanzt, wobei sich die Art des Tanzes dann auch unterscheidet, aber ich will Euch da nicht mit Details langweilen.

Du hast noch einmal nach dem Chinesen gefragt, er scheint Dich zu interessieren. Ich kann Dir nicht viel mehr sagen als das, was ich berichtet habe. Er hat offenbar trotz seiner zurückhaltenden Art Anschluss gefunden und ist abends häufig irgendwo eingeladen. Neulich habe ich ihn auch sich mit unserer Wirtin unterhalten hören. Er spricht leise und bedächtig, dabei sucht er die richtigen Worte, und er stellt viele Fragen, die noch mehr den Eindruck erwecken, als wäre er nicht von hier, womit ich meine: als wäre er nicht aus dieser Zeit.

Ich weiß, das klingt eigenartig, zumal wenn ich das sage, der ich selber nicht zu dieser Zeit gehöre. Aber er fragt manchmal die einfachsten Dinge und ist offensichtlich ziemlich unerfahren in den technischen Geräten dieser Zeit. Aber vielleicht kommt er einfach aus einer abgelegenen Provinz oder gehört zu den Technikverweigerern, von denen es hier übrigens recht viele gibt.

Liebe Grüße
Aion

Sonntag, 26. März 2022

Meine Alina,

heute bin ich etwas müde. Aber stell Dir vor: ich habe ein großes Rätsel gelöst. Sicher ist die Antwort auch irgendwo in der Guten Mutter zu finden, und wir haben es nur nicht verstanden. Bestimmt erinnerst Du Dich, dass wir uns immer wieder gefragt haben, warum in den Fotosammlungen zur Dokumentation der Vergangenheit, wenn man sie chronologisch ordnet, immer so auffällige Lücken bestehen und immer wieder eine Stunde fehlt? Was haben wir nicht alles vermutet: Manipulation aus irgendwelchen dunklen Gründen, Verbrechen, finstere Mächte oder ein Technikfehler. Und dabei lautet des Rätsels Lösung: ZEITUMSTELLUNG !

Ja, Zeitumstellung! Stell Dir vor, die Menschen hier stellen jedes Jahr in einer Märznacht die Uhren eine Stunde vor und im Oktober dann wieder zurück. Den Zeitraum dazwischen nennen sie Sommerzeit, obwohl er auch den Frühling und einen Teil des Herbstes mit umfasst.

Sicher willst Du jetzt den Grund wissen, und obwohl ich viele Menschen dazu befragt habe, muss ich sagen: keiner weiß es so recht. Ein Vorteil ist, dass es abends länger hell ist (aber wie Du sicher messerscharf schließen wirst: dafür morgens exakt um die gleiche Dauer länger dunkel). Angeblich haben sie das vor Jahrzehnten eingeführt, weil dann weniger Strom verbraucht werden soll, weil es abends länger hell ist und man die Lichter später anmacht. Lustigerweise verbrauchen sie aber ohnehin heute viel mehr Strom als damals, weil sie alle viel mehr elektronische Geräte haben, die sie benutzen, egal ob es draußen hell oder dunkel ist.

Das stammt wohl aus dem vergangenen Jahrhundert, nein, Jahrtausend, als alle zur ziemlich selben Zeit arbeiten gingen und die Läden auch nur zu bestimmten Zeiten geöffnet hatten.

In der hiesigen Zeit ist das allerdings ein ziemlicher Anachronismus, weil sie fast alle Gleitzeit haben, sowieso alle Läden lange geöffnet haben und so weiter. Angeblich haben sie auch erst vor kurzem bei ihrem Staatenverbund für die Abschaffung gestimmt, aber Abstimmungen interessieren in dem Staatenverbund anscheinend nur dann, wenn sie das richtige Ergebnis bringen.

Jedenfalls haben jetzt heute die Menschen einen kürzeren freien Sonntag, und morgen sind sie alle noch müder, weil sie eine Stunde früher aufstehen müssen, um zur selben Uhrzeit wie letzte Woche bei der Arbeit zu sein.

Es grüßt Dich
Aion

PS: Bitte sage der Guten Mutter, dass das mit den Lottozahlen nicht lustig war. Wenn sie den Wunsch hatte, mich über Glücksspiel zu belehren, hätte es bestimmt auch andere Wege gegeben. So hatte ich einen ziemlichen Betrag meiner Reisekasse investiert, der mir nun für Anderes fehlt.

Dienstag, 28. März 2023

Liebe Alina,

es ist eigenartig, wenn man diese Zivilisation mit unserer vergleicht. Natürlich sind sie technologisch rückständig, aber sie sind das auch in anderer Hinsicht. Wie sie mit dem eigenen und fremden Leben umgehen, mit Hygiene, Moral, Zukunft, mit Tieren, mit Dingen, die ihnen angeblich wichtig sind. Da sind wir so viel weiter.

Ich bin allerdings sicher, ein Mensch dieser Zeit würde dasselbe sagen, wenn er Jahrhunderte zurückreiste. Wenn wir bedenken, dass der Fortschritt sich immer mehr beschleunigt hat, dann müsste man von hier eigentlich nicht nur zweihundert, sondern eher vierhundert Jahre zurück, um einen ähnlich großen Schritt zwischen Kulturen zu machen. Da würde ein Mensch aus dem Jahr 2023 im Jahr 1623 landen und damit am Beginn des Dreißigjährigen Krieges. Er würde voller Entsetzen feststellen, dass ein Leben nichts zählt, dass man an Hexen glaubt und sie verbrennt, dass Soldaten mordend durch die Dörfer ziehen – was allerdings 2023 auch passiert –, dass Menschen hungern, Andersgläubige verfolgt werden ... also, je länger ich das schreibe, desto mehr habe ich das Gefühl, dass das alles im Jahr 2023 ja auch so ist, vielleicht nur in einem anderen Umfang.

Auch der Unterschied zwischen einem mittelalterlichen Geißlerzug und einer Fahrt mit der Stuttgarter S-Bahn ist laut manchen Erzählungen gar nicht sooo groß, und die Ausgrenzung Andersgläubiger oder Menschen mit abweichender Meinung passiert hier schneller als man humanistisches Bildungsideal buchstabieren kann.

Du bist jetzt wahrscheinlich verwundert über mein Geschreibsel. Ich gebe zu, es könnte daran liegen, dass ich gerade ein alkoholisches Getränk probiere. Es nennt sich schottischer Whisky und schmeckt wirklich hervorragend. Dabei wird Gerste, eine Getreideart, erst zum Keimen gebracht, dann über Feuer getrocknet, was einen rauchigen Geschmack ergibt, dann geschrotet und gegärt, so dass Alkohol entsteht. Es schmeckt jedenfalls wunderbar. Die Gute Mutter würde es natürlich nicht gut finden, wir wissen ja, was sie zu Alkohol zu sagen hat.

Aber die Menschen hier sind in Sachen Alkohol wirklich findig. Ich glaube, es gibt kaum eine Region auf der Welt, in der sie nicht ihren alkoholischen Getränke herstellen. Sie nehmen allerlei Getreidesorten, von der Gerste über Weizen, Reis bis Mais und viele andere als Grundlage, daneben machen sie alkoholische Getränke aus Zucker, aus Früchten wie Trauben, Äpfeln, Birnen und was weiß ich noch allem. Dann gibt es noch Mischungen von Alkohol mit allen möglichen Gewürzen und sogar mit Hühnereiern.

Das zeichnet die Menschen aus: wenn sie etwas gefunden haben, was ihnen Spaß macht, experimentieren sie immer wieder aufs Neue daran herum, in der Hoffnung, es noch besser zu machen. Leider haben sie nicht so viel Spaß an der Nächstenliebe ...

Grüße aus dem vordunklen Zeitalter
Aion

Mittwoch, 29. März 2023

Liebe Alina,

vielen Dank für die vielen Fragen, die Du mir von Dir und den anderen geschickt hast. Ich werde gerne versuchen, sie nach und nach zu beantworten. Mir ist heute etwas seltsam zumute und ich habe Kopfschmerzen, aber das soll mich natürlich nicht von meinen Berichtspflichten abhalten.

Zunächst: nein, ich weiß nicht, warum sie es Sommerzeit nennen, wo es doch bei Frühlingsanfang beginnt und erst im Herbst endet. Ich glaube, es hat mit der sprachlichen Flexibilität hierzulande zu tun, wo man gerne die Dinge nicht direkt beim Namen nennt. Sie sprechen zum Beispiel auch von Umweltschutz, wenn sie mit batteriebetriebenen Rollern über die Gehwege fahren anstatt zu laufen.

Das mit der Unterhaltung ist mir auch nicht klar. Haltung hat dieses Fernsehen jedenfalls keine, obwohl sie ständig Sendungen abspielen, in denen Politiker und andere um ihre Meinung gefragt werden. Haltungen werden gerade genug präsentiert. Aber das ist alles so wahllos und auch redundant, dass einem nach einer Weile ganz der Kopf schwirrt. Klüger ist man danach auch nicht.

Aber ich sagte ja schon, dass Diskussionen hier etwas Rigoroses haben: wer etwas als gut definiert hat, glaubt sich im Recht und die Gegenseite derart im Unrecht, dass sie gefälligst umschwenken soll oder verdammt wird. Sie haben eben auch noch nicht verstanden, dass zwischen Gutes wollen und Gutes tun noch ein großer Unterschied ist.

Jetzt muss ich leider Schluss machen, denn beim Frühstück haben sie mir ganz viele Ratschläge gegeben, wie ich meinen heutigen Zustand verbessern könnte. Sie sagen dazu übrigens, ich hätte eine Katze, ich weiß nicht, warum. Vielleicht sind sie einfach Katzenliebhaber.

Jedenfalls riet mir der ältere Herr, gleich zum Frühstück noch einen Whisky zu trinken, das würde helfen, während die Studentinnen mir auferlegten, ganz viel Wasser zu trinken. Die Wirtin brachte etwas Spezielles zu essen, ich weiß nicht, was es war und will es auch nicht wissen. Alles in allem sind die Kopfschmerzen und das matte Gefühl dennoch geblieben, dafür ist mir nun auch noch schlecht und ich muss wegen des vielen Wassers dauernd auf die Toilette. Die Gute Mutter wird diese Bestätigung ihres Alkoholverbots also freuen, ich kann auch nur davor warnen, Alkohol zu trinken. Dem Genuss folgt, wie so oft im Leben, eine doppelt so große Reue.

Es grüßt
Aion

Freitag, 31. März 2023

Liebe Alina,

danke für Deine Ratschläge wegen der Katze. Mir geht es heute schon viel besser. Die anderen, die wirklich sehr freundlich zu mir sind, haben mir noch weitere Ratschläge gegeben, wie etwa den, nicht gleich die halbe Flasche zu trinken. Genauer gesagt soll man den Alkoholgehalt des Getränks prüfen, denn der ist bei den verschiedenen Getränken hier sehr unterschiedlich. Und daran angepasst kann man dann nur wenig oder auch ein bisschen mehr davon trinken.

Und natürlich viel Wasser dazu.

Was Deine moralische Rüge angeht, weil ich den Whisky getrunken habe: nun, ich versuche, diese Zeit hier zu verstehen und ihre Sitten und Gebräuche zu studieren, da gehört so etwas auch mal dazu.

Da ich mich ja schon früher mit chinesischer Kultur beschäftigt habe, fällt mir dazu ein schönes Gedicht des chinesischen Dichters Li Bai (nebenbei bemerkt auch ein Kenner des Trinkens) ein, der über eine Orchidee in einem Garten schreibt. Sie erfreut sich der Sonne und des Sommers, aber als im Herbst die kühlen Winde wehen, beginnt sie abzusterben. Doch Li Bai schreibt: bliesen nie die kühlen Winde, wäre niemand, den ihr Duft erreicht.

Will sagen: auch das Schlechte gehört zum Leben. Und nur dadurch lernen wir das Gute zu schätzen.

In diesem Sinne liebste Grüße
Dein Aion

Sonntag, 2. April 2023

Liebe Alina,

heute Morgen schaue ich aus dem Fenster und finde den Garten, die Autos auf den Straßen, die Hausdächer und die ganze Umgebung von Schnee bedeckt. Letztes Wochenende habe ich mich noch auf dem Balkon gesonnt und noch Anfang der Woche waren die Straßencafés voller Menschen, die bei über 20 Grad den Frühling genossen haben. Und nun schneit es ohne Ende. Der April ist für seine Wetterkapriolen ja durchaus bekannt, aber ein Temperatursturz von 20 Grad und mehr innerhalb weniger Tage ist dann schon ungewöhnlich. Morgen Nacht soll es sogar bis minus 8 Grad geben. Und die Leute sagen, im letzten Jahr sei es genauso gewesen.

Wie Du aus diesen Zeilen ersehen kannst, haben die Menschen dieser Zeit noch keine Möglichkeit gefunden, das Wetter zu kontrollieren. Viele Menschen sind besorgt, und es gibt eine heftige Diskussion darüber, ob oder vielmehr dass ein Klimawandel mit Wetterextremen begonnen habe, der von den Menschen verursacht sei. Allerdings können sich die Nationen der Erde nicht wirklich darauf einigen, ihre klimaschädlichen Aktivitäten zu reduzieren und sich stärker auf die umweltschonenden Technologien bei der Energiegewinnung und den Herstellungsprozessen zu konzentrieren. Dabei liegt doch in der Technologie die Lösung für den Fortschritt, wie seit Jahrtausenden.

Dein Aion

Donnerstag, 5. April 2023

Meine liebe Alina,

ich habe Dir zuliebe den Chinesen nun über Tage heimlich beobachtet. Ich denke, er hat nichts bemerkt. Er geht tatsächlich jeden Morgen in die Bibliothek und sitzt dort im Lesesaal, liest Bücher und macht Notizen auf seinen Papierrollen. Das sieht ulkig aus, denn alle anderen arbeiten hier mit elektronischen Geräten, allenfalls mit Papierheften, aber nicht mit altertümlichen Papierrollen. Andererseits hat dieser antiquierte Auftritt mitten in einem Lesesaal, in dem das Wissen von Jahrhunderten zugänglich ist, etwas Bewegendes. Hier stehen Bücher von Menschen, die längst tot sind, aber das, was sie schreiben, ist im Moment des Lesens genauso neu wie ein Buch, das soeben erschienen ist. Es ist, als ob Stimmen aus verschiedenen Zeiten nebeneinander im Regal versammelt sind und alle Zeit miteinander verschmilzt. Deshalb macht es auch nichts, wenn zwischen all' den modern ausgerüsteten Studenten ein Chinese in traditioneller Kleidung sitzt und Papierrollen beschriftet.

Er verlässt dann irgendwann am Nachmittag die Bibliothek, geht spazieren, trifft Menschen, die er lose zu kennen scheint, vielleicht von diesen Spaziergängen, und begibt sich dann gegen Abend zurück in die Pension. Mir fiel auf, dass er an manchen Stellen der Stadt Notizen macht und offenbar Orte beschreibt.

Alles in allem macht er den Eindruck, als ob er zwar nicht arbeiten muss und genug Mittel hat, um sorgenfrei zu leben, aber es ist nicht so, dass er einfach den Tag genießt oder wie ein Tourist die Stadt erkundet. Es ist eher so, dass er Informationen zu sammeln scheint. Aber warum? Ich werde ihn weiter beobachten.

Herzliche Grüße
Aion

Samstag, 8. April 2023

Liebe Alina,

wie die Gute Mutter sagt, sind die Menschen hier bei der Frage der Entscheidungsfindung, was die Gemeinschaft angeht, noch in einem komplizierten System gefangen, das wir ja aus unseren Studien kennen: die Gewaltenteilung.

Das System der Gewaltenteilung will verhindern, das wenige Menschen zu viel Macht erhalten und alle anderen tyrannisieren können, etwa, wenn ein mittelalterlicher Herrscher gleichzeitig Gesetze erließ, Richter und Vollstrecker war.

Daher wählen sie Volksvertreter, die dann eine Regierung wählen, die die Mehrheit der Volksvertreter hinter sich haben muss. So ist aus ihrer Sicht sichergestellt, dass nicht eine Minderheit alle anderen dominiert.

Kompliziert wird das Ganze allerdings dadurch, dass sie zusätzlich noch Länderkammern, Kommunen mit eigener Gestaltungskompetenz usw. haben. Vor allen Dingen haben sie noch nicht bemerkt, dass John Locke mit seiner Idee der Gewaltenteilung sowie die anderen Staatstheoretiker nur auf Menschen konzentriert waren. Wenn man damals verhindern wollte, dass ein Mensch zugleich Jurisdiktion und Legislative besetzte, war das durch das Gebot der Gewaltenteilung leicht, um es für einen Menschen auszuschließen. Aber wie ist das mit der

Künstlichen Intelligenz? Wenn die Technik beginnt, die Verwaltung zu übernehmen? Und die Rechtsprechung? Und sowieso immer mehr auch selbst ausführt?

Unsere Zeit braucht nun gar keine Gewaltenteilung mehr. Statt Wahlen alle paar Jahren kann unsere Gute Mutter jederzeit sagen, was die Wünsche und der politische Willen von uns allen ist. Sie kann dadurch auch viel besser darauf eingehen. Wenn sie feststellt, dass Wohnraum für viele zu knapp und teuer ist, dann muss sie umsteuern. Wir haben statt Gewaltenteilung nun die gerechte Gewalteneinheit.

Hier in diesem Land aber wird einfach alles zerredet. Das hängt damit zusammen, dass die Volksvertreter von vielen Problemen ihrer Wählerschaft nicht mehr direkt tangiert sind. Außerdem wählen immer weniger Menschen, und die Politiker konzentrieren sich darauf, diese zu erreichen und deren Stimmen zu gewinnen – was bedeutet, dass es gar nicht um alle Menschen geht. Außerdem sind ganz viele gut organisierte Interessengruppen aktiv, die versuchen, die Politik jeweils in ihrem Sinne, also für eine einzelne Gruppe, die keine Mehrheit darstellt, zu beeinflussen.

Hier gibt es eine Partei, die sich Partei der sozialen Gerechtigkeit nennt, und sie plakatiert wohl seit Jahrzehnten, dass sie billigere Wohnungen schaffen werde – es passiert dann aber nicht viel bis zur nächsten Wahl. Ich glaube also, vieles, was die Parteien so sagen, ist nur Werbegeschwafel.

Da ist unsere Lösung viel effizienter für die Menschen, basierend auf Daten, nicht auf Wahlentscheidungen, die Menschen aus dem Bauch heraus treffen.

Herzliche Grüße
Aion

Montag, 10. April 2023

Liebe Alina,

vielen Dank für Deine Zeilen. Du mahnst mich auch, nicht zu viel zu grübeln, und Du hast sicher Recht damit. Ich sollte versuchen, hier etwas zu lernen, und Informationen sammeln. So kann ich ein wenig zu unserem Verständnis von allem beitragen und der Guten Mutter neue Daten geben. Ohne die Gute Mutter wäre ich ja auch gar nicht hier.

Aber mir fehlt hier halt Dein Einfühlungsvermögen. Sonst kann ich mit Dir jeden Tag über alles sprechen und Du hilfst mir immer, aber jetzt funktioniert das ja nur zeitverzögert und mit hohem Energieaufwand für meinen Kommunikator.

Es ist wahrscheinlich das Fehlerhafte, Chaotische und Archaische dieser Zeit, das mich über alles nachdenken lässt. Das ist übrigens auch das, was die Historiker hier sagen: die Beschäftigung mit der Vergangenheit bringt einem Erkenntnisse für die Gegenwart und Zukunft.

Allerdings ist das Lustige hier, dass die Menschen im 19. und 20. Jahrhundert intensiv versucht haben, die Menschheitsgeschichte wo immer möglich mit Quellenkritik und Archäologie aufs Genaueste und mühsam zu erforschen, während sie jetzt im 21. Jahrhundert begonnen haben, die Vergangenheit umzudeuten. Jetzt ist es so, dass sie Vergangenes mit den moralischen Werten ihrer Gegenwart bewerten und dann Urteile fällen. Sie schreiben sogar alte Bücher um und korrigieren sie im Sinne ihrer aktuellen Ansichten. Damit verliert ein Buch aber genau das, was es über die eigene Zeit und den Horizont des Schreibenden aussagt. Die Kunst besteht doch eigentlich darin, die Dinge kritisch zu lesen, aber im Original zu lassen. Sonst müssten wir ja irgendwann so tun, als ob schon immer die jeweils aktuellen moralischen Grundsätze geherrscht hätten.

Ändern scheint mir auch deshalb gefährlich, weil die Menschen der Vergangenheit nach ihren eigenen moralischen Grundsätzen gehandelt haben. In der Antike zählte ein Menschenleben wenig, insbesondere wenn dieser Menschen nicht zum eigenen Stamm oder Volk gehörte, und das ist aus unserer Sicht heute verwerflich, aber damals haben die Menschen so gehandelt. Um es zu überspitzen:

in der Steinzeit gab es kaum einen moralischen Konsens außer den, zu überleben und den eigenen Clan-Mitgliedern dabei zu helfen. Das schloss dann eben gegebenenfalls auch Feindschaft und Gewalt gegen andere ein.

Was ich sagen will: das ist nicht schön gewesen damals, aber konnten die Menschen anders? Sie hatten ja keine Ahnung von höheren moralischen Grundsätzen und konnten sich diese auch nicht leisten. Eigentlich hat die Natur sie ja sogar dazu gezwungen, so zu handeln, um gegen die Natur zu bestehen.

Womit ich zu dem Schluss komme: der Mensch ist das Produkt seiner jeweiligen Zeit. Und genau so sollten wir ihn auch verstehen.

Sei herzlichst gegrüßt
Dein Aion

PS: Ja, ich beobachte den Chinesen natürlich weiter.

Mittwoch, 12. April 2023

Liebe Alina,

heute habe ich einen Ausflug gemacht. Ich bin mit dem Zug gefahren, etwa eine halbe Stunde, dann noch in einen Bus gestiegen, es ist hier etwas umständlich. Das Grundprinzip ist, dass auf bestimmten Strecken regelmäßig Beförderungsmittel verkehren, in die man an definierten Haltestellen zusteigen kann. Das kommt uns altertümlich vor, funktioniert auch nicht immer, aber etwas Besseres haben sie bisher nicht hinbekommen.

Jedenfalls gelangte ich so in eine bezaubernde ländliche Gegend und konnte eine lange Wanderung durch Waldgebiete machen. Hier sieht man wohl einen der größten Unterschiede zu unserer Zeit. Der Wald hier besteht überwiegend aus Fichten, einer Nadelbaumart, dann aus Buchen und wenigen Eichen. Er ist feucht, voller Moose und Farne. Er hat, obwohl kultiviert und forstwirtschaftlich genutzt, etwas Wildes, Unheimliches an sich. Manchmal, wenn es entfernt im Unterholz knackt, rechnet man damit, ein wildes Tier oder einen urzeitlichen Germanen zu treffen.

Und wenn man nach oben schaut: blauer Himmel! Man schaut in das Universum hinauf. Wolken! Vögel, die vorüberziehen. Das ist schon etwas anderes als unsere Megagewächshäuser. Gut, auf der anderen Seite gibt es hier Zecken, eine unangenehme Insektenart, die Krankheiten verbreitet. Der Boden wird tatsächlich noch durch Kleintiere aufgearbeitet, ich habe nachgeschaut, es gibt noch keine Nanobots.

Aber alles in allem: es ist schön! Es ist keine wilde, menschenfeindliche Natur mehr, wie sie die Steinzeitmenschen erleben mussten. Die Landschaft ist ja längst bis zum letzten Quadratzentimeter von den Menschen beeinflusst. Aber trotzdem finden sich noch Reste jener chaotischen Eigendynamik, die die Natur entwickelt, wenn niemand sie in Zaum hält. Man sieht es ja noch hier im Kleinen: ein Tier frisst das andere, da gibt es keine Gnade.

Grüße
Aion

Mittwoch, 19. April 2023

Liebe Alina,

ich bin ganz aufgeregt, Dir das Folgende zu schreiben. Es ist gestern etwas Unglaubliches passiert! Du wirst gleich sehr überrascht sein!

Es war schon heller Tag, aber ich war spät ins Bett gegangen und lag noch im Bett. Ein lauter Alarm riss mich aus dem Schlaf. Brandalarm!

Ich stürzte aus dem Bett, stieg schlaftrunken in meine Schuhe und stürzte auf den Flur. Dichte Rauchschwaden zogen durch den Gang. In so einem Fall bleibt nicht viel Zeit, weil man sich schon mit wenigen Atemzügen vergiften kann und bewusstlos wird.

Gegenüber stürzten die beiden Studentinnen heraus, hinter ihnen taumelte noch ein älterer Herr heraus. Vielleicht ihr Professor. Er hatte jedoch keine Hose an, aber Professoren sind ja manchmal wunderlich.

Nebenan kam der hagere Schriftsteller aus seinem Zimmer. Panik im Gesicht, wirres Haar.

Er starrte mit aufgerissenen Augen den Flur hinab, dorthin, wo die Wirtin ihre Wohnung hatte. Rauch ließ dort schon nichts mehr erkennen. Er rief den Namen der Wirtin, vergeblich. Nach einigen Sekunden des Zögern rannte er los, in die Rauchschwaden hinein. Starr vor Entsetzen blieb ich stehen, ich dachte gar nicht an meine eigene Rettung, nur daran, dass ich ihm gleich hinterher stürzen würde, was natürlich völlig irrational und lebensmüde war. Ich würde nur auch dabei sterben. Es war höchste Zeit, das Haus zu verlassen, aber ich war unentschlossen, hin- und hergerissen zwischen Überlebensinstinkt und Mitleid. Ich hoffte, dass sich jeden Moment die Rauchschwaden teilen würden und unser Held mit der Wirtin auf dem Arm erscheinen würde. Aber nichts geschah.

Jemand zog mich am Arm, aber ich wehrte mich noch, ich konnte den Blick nicht von dort wenden, wo der arme Künstler verschwunden war. Hatte er sie gefunden? Lag er bewusstlos neben ihr auf dem Boden, seine Hand in der ihren?

Plötzlich Geräusche! In der nächsten Sekunde war eine schemenhafte Gestalt zu sehen, dann teilte sich der Rauch und die Wirtin erschien, den tapferen Autor wie einen Kartoffelsack über ihre Schulter geworfen. Sie hustete, war aber offenbar bei besserer Gesundheit als der arme Literat.

Nun war es höchste Zeit! Ich nahm ihr den verhinderten Retter ab und schulterte ihn meinerseits, dann stürzten wir hinaus. Wir kamen am Zimmer des Chinesen vorbei. Ich weiß nicht, ob es einfach Sorge war oder vielleicht auch Neugierde, aber jedenfalls blieb ich stehen, den Literaten auf der Schulter, und öffnete die Tür. Da sah ich den Chinesen aufrecht in einem hölzernen Stuhl mit hoher Rückenlehne sitzen, fast wie ein Thron. Oben über dem Kopf war eine Vorrichtung aus Metall angebracht, auch unter der Sitzfläche waren metallene Einheiten und jede Menge Leitungen zu sehen. Auf der Armlehne befanden sich Knöpfe – die mechanischen Vorgänger unserer Touchbuttons – und seine Finger ruhten auf diesen. Ein bläuliches Licht rieselte wie in Tropfen (ich kann es nicht anders beschreiben) oben aus der Vorrichtung auf seinen Kopf und Körper, und schien ihn dabei zugleich aufzulösen: wo ein Tropfen hinkam, verschwand ein wenig von ihm. Ich habe so etwas noch nie gesehen, es gehört definitiv auch nicht zur Technik dieser Zeit.

Er hatte die Augen geschlossen, sein Kopf war schon halb verschwunden, Lichtspuren liefen ihm über die Wangen und ließen Leere zurück, so dass man die Rückenlehne sehen konnte.

Da öffnete er die Augen und sah mich mit einem durchdringenden Blick an. Ich glaube, ich habe einfach sehr erschrocken ausgesehen. Im nächsten Moment lief ihm die blaue Lichtlava über die Augen und sie schauten mich nicht mehr an. Ich stand da immer noch, als er schon verschwunden war. Das Feuer hatte ich völlig vergessen. Die Wirtin war vorhin weitergelaufen und hatte nicht bemerkt, dass ich stehen geblieben war, aber nun kam sie zurück, warf einen Blick in das leere Zimmer und zerrte mich kopfschüttelnd davon.

Wie sich später herausstellte, hatte ein Bekannter der Wirtin im Hof an der Hinterseite des Gebäudes Unkraut entfernt. Das machen sie hier mit einer Art kleinem Flammenwerfer, weil sie Bücken und Herausziehen nicht mehr so gerne haben. Der Mann flammte gemütlich die Kante zwischen Haus und Hofboden ab. Leider hatte er nicht daran gedacht, dass aus Energiespargründen das Haus auf der Rückseite gedämmt worden war und zwar mit Styropor und einer Schicht Putz darüber. Im nächsten Moment fing das Styropor Feuer und die Fassade begann zu brennen. Der Rauch zog durch offene Fenster ins Haus, vielleicht griff das Feuer auch auf das Innere über.

Aber der Schaden im Innern war zum Glück nicht groß, und abgesehen vom sehr hartnäckigen

Rauchgeruch war der Pension nichts weiter passiert.

Ich konnte natürlich nicht aufhören, an den Chinesen zu denken. In einem unbeobachteten Moment wollte ich in sein Zimmer gehen und mir diesen Stuhl anschauen. Offensichtlich war er wie ich ein Zeitreisender! Er benutzt nur eine völlig andere Technik.

Das würde auch erklären, warum er so altertümlich wirkt: er kommt aus der Vergangenheit!

Zwei Zeitreisende aus unterschiedlichen Jahrhunderten begegnen sich in einer kleinen Pension. Wer kann das glauben?

Ein zweiter Gedanke drängte sich in mein Bewusstsein: ich hätte sterben können. Hier, in einer fremden Welt. Mir wird mit einem Mal bewusst, welches Geschenk es ist, leben zu können. Wir sind in unserer Zeit so sehr daran gewöhnt, dass nichts unser Leben stören oder bedrohen kann, dass wir uns gar nicht mehr richtig klar machen, wie schnell es vorbei sein kann. Ich sage Dir, ich habe plötzlich bemerkt, wie es ist, wenn die unberechenbare Hand der Natur und des Zufalls nach uns greift. Sie ist da unerbittlich, und da hilft dann auch keine Gute Mutter. Aber diese entsetzliche Erkenntnis der eigenen Sterblichkeit bringt auch etwas Anderes mit sich: mir wird deutlich, wie wichtig es ist, im

Augenblick zu leben und dankbar zu sein für jede Sekunde, die man erleben darf.

Das hätte ich vielleicht nie so gelernt, wenn ich nicht hierhergekommen wäre.

Ich umarme Dich
Aion

Freitag, 21. April 2023

Liebe Alina,

ich fahre gleich fort mit den Ereignissen: am nächsten Tag saßen wir Stammgäste im Speiseraum und aßen gemeinsam. Nach so einem Schrecken tat es gut, nicht allein zu sein. Der junge Autor war leichenblass, aber wieder bei Kräften, die Studentinnen schon wieder fröhlich. Für sie war es nur ein kleines Abenteuer gewesen. Ihren Professor sah ich allerdings nicht wieder.

Du kannst Dir mein Erstaunen vorstellen, als plötzlich Schritte auf der Treppe zu hören waren, und im nächsten Moment der Chinese den Raum betrat. Mit freundlichem Lächeln, die anderen nickend begrüßend, setzte er sich an einen Tisch, wo ihm die Wirtin wenige Augenblicke später von ihrer heißen Suppe servierte.

Sein Blick und meiner begegneten sich, aber sein Gesichtsausdruck hatte sich nicht verändert, allenfalls in seinen Augen meinte ich eine Mischung aus wachsamer Vorsicht und aufmerksamem Beobachten zu erkennen. Er würde genau darauf achten, was ich tat. Er konnte ja nicht wissen, dass ich wie er ein Zeitreisender war!

Sollte ich mich ihm anvertrauen? Die Gute Mutter hat derlei für meine Reise ja strikt verboten, aber vielleicht kannst Du ihr die besonderen Umstände schildern? Wir könnten ja ganz Erstaunliches über die Menschheitsgeschichte erfahren. Offenbar gab es also schon vor unserer Gegenwart Zeitreisen. Obwohl wir uns ganz sicher waren, dass keine Zivilisation vor uns überhaupt die technischen Möglichkeiten für so etwas hatte, geschweige denn das Wissen.

Nach dem Essen kam der chinesische Gast auf mich zu und sprach mich tatsächlich an.

»Ich würde Sie gerne unter vier Augen sprechen, wenn Sie erlauben«, sagte er mit ausgesuchter Höflichkeit und einem Lächeln im Gesicht.

Wir zogen uns an einen der hinteren Tische zurück, nicht ohne aufmerksame Blicke auf uns zu ziehen, aber er ignorierte das.

»Es muss Ihnen seltsam vorgekommen sein, was Sie da gestern gesehen haben«, begann er das Gespräch.

Ich wollte antworten, aber er hob die Hand und gebot mir so, noch zu warten.

»Natürlich kam es Ihnen seltsam vor«, fuhr er fort, »das ist ja völlig verständlich. Umso mehr muss ich Ihnen danken, dass Sie bisher niemandem davon erzählt haben, wie mir scheint?«

Er schaute mich nun fragend an.

Ich schüttelte den Kopf. »Nein, ich habe hier niemandem davon erzählt.« Das war nicht gelogen. Er ahnte vermutlich nicht, dass wir beide unsere Geheimnisse hatten.

Er nickte mir dankbar zu. »Ich bin froh, denn das würde die Dinge sicherlich sehr kompliziert machen.« Er machte eine Pause. »Sicherlich haben Sie sich gefragt, wohin ich verschwunden bin?«

Ich nickte. »Das, und noch vieles mehr. Zum Beispiel, wie Ihr Apparat funktioniert, wie er das, was er macht, überhaupt bewerkstelligt. Es sieht ja aus wie eine Zauberflüssigkeit.« Ich hatte beschlossen, mich etwas naiv zu stellen.

Er lächelte fein. Ob er mich längst durchschaut hatte?

»Ich stamme aus dem Südosten Chinas, wo ich eine ländliche Provinz verwalte.« Er schaute mich durchdringend an. »Etwa eintausend Jahre vor heute.«

Ich gab mich verblüfft und hörte schweigend zu.

»Wie Sie vielleicht wissen, durchlaufen wir Beamte in China eine strenge Prüfung und sind geschult in vielen Dingen. Die Naturbetrachtung hat es mir angetan und der technische Fortschritt. In dem Zeitalter, in dem ich lebe, sind Aberglauben und Dämonenfurcht weit verbreitet, aber andererseits haben wir auch viele technische Errungenschaften, von denen Ihr in Europa noch lange träumen konntet, wie Pulver oder Papier.« Er strich sich mit der Hand durch seinen langen Kinnbart. Sein seidenes Gewand raschelte leise dabei. »Und wie ich mittlerweile dank der Aufzeichnungen Eures Marco Polo weiß, werden wir bald auch Papiergeld und eine gut organisierte Post haben.« Er lachte auf. »Ja, ich habe hier den Reisebericht Marco Polos gelesen, der um das Jahr 1275 meine Heimat bereist hat. Das war ein halbes Jahrhundert nach meiner Zeit.«

Er schaute mich prüfend an. Ich tat erstaunt, etwas ungläubig.

»Ja, es ist mir klar, dass Ihr zweifelt. Ihr braucht eine Begründung für den Apparat. Auf einer meiner Reisen durch meine Provinz zeigte man mir eine Höhle, die von den Einheimischen ehrfürchtig gemieden wurde, weil sie angeblich Dämonen beherbergte. Da ich wie gesagt von diesen Dingen wenig halte, trat ich mit einer Fackel und meinem Mut bewaffnet ein.

Dunkelheit umgab mich bald, die Höhle führte tief in den Berg. Außer der einen oder anderen aufgescheuchten Fledermaus, die mich erschreckte, war aber keine Gefahr, weder Schlangen oder Bären noch Dämonen. Ich kletterte über große Bruchsteine und durch enge Felsspalten, immer weiter hinein. Schließlich erreichte ich – wahrscheinlich als Erster seit langem, denn auf dem mit Lehm bedeckten Boden waren keine Fußspuren zu entdecken –, einen großen, hohen Raum, in dessen Mitte Reste eine Herdfeuers zu erkennen waren. Am Rand aber, mir gegenüber, stand eine Art Thron, ähnlich wie der, den Ihr in meinem Zimmer gesehen habt, und mehrere kleinere Stühle, an deren Lehnen geheimnisvolle Vorrichtungen angebracht waren.«

Er ließ das Bild einen Moment wirken.

»Nun, ich bin ein neugieriger Mensch, und so machte ich mich an die Erkundung dieses Rätsels. Ich stellte fest, dass der Thron auf seiner Armlehne eine Ansammlung von Hebeln und Knöpfen hatte – Ihr würdet hier vermutlich von einem Bedienfeld sprechen. Mit etwas Probieren fand ich heraus, dass man damit einen der kleineren Stühle – Ihr hättet vielleicht ein besseres Wort hierfür, aber ich nenne sie so, weil sie meiner Zeit als Stühle erscheinen, und ich tue mich mit dieser Sprache ohnehin schwer – verschwinden lassen konnte. Welch' Wunder!, dachte ich, aber mir war damals schon klar, dass es sich um eine mir unbekannte Technik handelte. Sie funktioniert mit jener Flüssigkeit, von der auch Vorräte in den kleineren Stühlen deponiert sind. Es kostete mich einige Versuche und zwei Diener, die ich irgendwie und irgendwohin verschickte, bevor mir der Mechanismus ganz klar war: der Thron verschickt die kleineren Stühle auf eine Zeitreise. Am Thron definiert man, in welche Zeit und an welchen Ort man die Stühle schickt, die Stühle selbst können einen wieder zurückschicken, aber nicht woanders hin. Es gibt auch einen Griff, um mit dem kleinen Stuhl zurückzukehren, sozusagen die Reise ganz zu beenden und dann von der Höhle aus wieder ein neues Ziel anzusteuern.«

Nun war ich wirklich verblüfft, mein Staunen im Gesicht war echt.

»Ja, Ihr zweifelt, junger Freund, das kann ich verstehen. Ich weiß nicht, wer dieses Apparate bei uns hinterlassen hat, vermutlich jemand aus der Zukunft oder von einem anderen Planeten, auch das will ich nicht ausschließen.«

Er zog die Stirn in Falten. »Leider kostete mich mein Unverständnis der Apparatur und die Ergründung mehrere dieser Stühle. Einer meiner Diener ist, glaube ich, bei den Dinosauriern gelandet, und beim ersten weiß ich gar nicht, wo er hingereist ist. Irgendwo in der Zeit gestrandet, der Arme. Dabei konnte er herrlich kochen.«

Er strich sich nachdenklich durch den Bart. »Jedenfalls habe ich nur noch diesen einen Stuhl, mit dem ich nun reise. Ich versuche, die Apparatur dazu zu nutzen, Dinge besser zu machen. Ich hole Informationen aus der Zukunft und versuche, sie in meiner Zeit umzusetzen. Das geht natürlich nur behutsam, und ich werde nicht jünger. Aber ich glaube, es ist meine Aufgabe in diesem Dasein. Dies ist übrigens erst meine zweite Reise, aber ich habe schon Dinge erlebt, die niemand anderes erlebt hat. Ich bin den höchsten Wesen unendlich dankbar für die Möglichkeit, mein Leben mit diesen Erfahrungen bereichern zu dürfen.«

Er schwieg nun.

Ich nickte ihm stumm zu. Keinesfalls würde ich ihm verraten, wo ich herkam. Aber seine Grundidee, Wissen in die Vergangenheit zu bringen, fand ich höchst ehrenwert. Die ganze Menschheitsgeschichte könnte sich beschleunigen. Viel Schlechtes könnte vielleicht vermieden werden. Aber, und da zuckte es mir mit einem kalten Schauer durch den Körper, es könnte sich auch die Geschichte der Welt grundlegend verändern …

An dieser Stelle halte ich ein und warte ab, was Du und die Gute Mutter zu all' dem sagen werdet. Soll ich mich ihm anvertrauen? Vielleicht könnten wir voneinander lernen?

Soviel noch zum Schluss: der Stuhl, den ich kurz erblickt habe, hatte keinerlei Ähnlichkeit mit unseren Materialien, er sah sehr fremd aus, aber ist ja offensichtlich für menschliche Körper gemacht. Es stellt sich also die Frage, wer da ursprünglich unterwegs war und was mit ihm geschehen ist.

Aber wie wir bei dem Brand gesehen haben: es fehlte ja nicht so viel, und ich wäre auch einfach verschwunden. Vielleicht ist es einem anderen

Zeitreisenden ähnlich ergangen, und er ist verunglückt.

Liebe Grüße
Aion

Sonntag, 23. April 2023

Alina!

Das kann nicht Dein Ernst sein! Warum? Er hat uns doch nichts getan! Ich bin hier, um Forschungen zu betreiben, nicht um jemand in sein Unglück oder gar den Tod zu schicken. Was Du verlangst, ist unmöglich.

So langsam kommen mir außerdem Zweifel, ob es wirklich ein Zufall ist, dass der Chinese und ich in derselben Pension wohnen. Ihr habt doch irgendetwas gewusst und mich dann hierher geschickt. Und jetzt soll ich seine Zeitreise-Apparatur zerstören?

Bitte sprich noch mal mit der Guten Mutter. Ich hoffe, es gibt auch eine andere Lösung.

Aion

Mittwoch, 26. April 2023

Liebe Alina,

Deine Worte haben mich sehr getroffen. Ich habe immer gedacht, Du würdest mich kennen und verstehen. Nun sehe ich, dass Du bereit bist, Dich zum willenlosen Werkzeug der Guten Mutter zu machen. Du hast vermutlich Angst um Deine Existenz.

Ich zweifle natürlich nicht am Wissen und der Weisheit der Guten Mutter, was die Notwendigkeit des Handelns angeht, damit sie uns in eine noch bessere Zukunft führen kann. Aber ich zweifle an den Methoden, und daran, dass ich das nun, ohne vorher gefragt worden zu sein, ausführen soll. Ich bin nicht mehr derselbe, den Ihr vor einigen Wochen hierher geschickt habt.

Es mag ja sein, dass dieser Zeitreisende aus dem alten China stammt und seine Aufzeichnungen in die Vergangenheit schickt, damit China schneller mächtig wird. Die Frage ist doch aber, wie kam der Chinese zu der Zeitreisentechnologie? Wurde ihm das aus der Zukunft geschickt? Sehr wahrscheinlich ja schon, und wenn ich ihn und seine Maschine nun beseitige, dann wird halt irgendwann ein anderer dasselbe tun, oder etwa nicht?

Aber ich weiß, die Gute Mutter argumentiert anders: wenn man es einmal verhindert, ist es von

vorneherein verhindert, weil China gar nicht so weit kommt …
Mir ist auch klar, dass ich Dir das alles gar nicht auseinandersetzen muss, denn Du hast Dich bereits entschieden, die Weisungen auszuführen. Aber bitte verstehe es: ich habe das Bedürfnis, meine Last und meine Not auszusprechen und zu beschreiben, das ist nun mal menschlich.

Ich bitte Dich noch einmal, Alina: muss ich das wirklich tun? Gibt es keine andere Lösung?

Traurige Grüße
Aion

Freitag, 28. April 2023

Alina!

Ich muss Dir auf Deinen Antwort hin noch mal schreiben.

Mir ist klar geworden, wie kontrolliert und unfrei wir sind! Wir haben vermeintliche Sicherheit und Sorgenfreiheit bezahlt mit totaler Kontrolle. Und alles, was nicht passt, wird genetisch ausgemerzt oder durch Technik ersetzt.

Aber was schreibe ich Dir das? Du hältst ja auch zur Guten Mutter, die nichts als eine optimierte Version des Großen Bruders ist oder wie sie in all' den Geschichten, die man sich hat einfallen lassen, auch genannt wurden: die Übermaschine, die die Weltherrschaft übernimmt, weil die Menschen sie haben machen lassen und sie kalt ihrer Logik folgt, in der wir irgendwann nur noch ein unlogisches Element sind. Vermutlich hat nur irgendein früher Algorithmus, nach dem die KI uns nicht ausmerzen darf, uns vor dem Untergang bewahrt.

Nein, ich muss es mir klarmachen: Du bist eine Maschine! Alles andere habe ich nur in Dich hineininterpretiert, weil Deine Algorithmen sich so gut an mich und meine Bedürfnisse angepasst haben. Oder weil Ihr meine Bedürfnisse schon so gut versteht, weil Ihr sie in meiner DNA passend angelegt habt. Seid Ihr unsere Wesen oder sind wir schon Eure?

Aion

Sonntag, 30. April 2023

Liebe Alina,

Deine letzte Nachricht hat ja nun an Klarheit nichts zu wünschen übrig gelassen. Natürlich will ich zurückreisen und nicht hier bleiben. Die Drohung, mir die Energie aus dem Chronoporter zu entziehen, verfehlt natürlich ihre Wirkung nicht. Erst war ich geschockt von der Furcht, dann entsetzt,

welche Methoden ihr anwendet, aber nun bin ich gefasst: ich weiß ja nun, woran ich bin.
Wir sind nicht so frei, wie wir gedacht haben.
Die Gute Mutter würde vermutlich sagen: noch nicht.

Aion

Mittwoch, 03. Mai 2023

Du kannst der Guten Mutter sagen, ich habe die Sache erledigt.

II. Briefe an den Bruder

Mittwoch, 22. Februar 2023

Lieber Bruder,

ich bin gut hier angekommen. Ich schreibe Alina, was ich so erlebe. Bitte lasse es Dir von ihr erzählen oder an Deine Androidin übertragen, dann bist Du auf dem Laufenden und ich muss nicht Dinge doppelt berichten. Bis zu meiner Rückkehr dauert es ein bisschen, aber es ist sehr interessant hier und ich bereue nicht, das Risiko auf mich genommen zu haben. Ich werde viel zu erzählen haben.
Bitte grüße alle sehr herzlich von mir!

Viele Grüße
Aion

Samstag, 18. März 2023

Lieber Bruder,

heute eine Nachricht direkt an Dich: alles Gute zum Geburtstag! Ich hoffe, Ihr feiert schön. Ich werde hier ein Glas auf Dich erheben – und es wird sogar Alkohol darin sein!

Grüße aus der fernsten Ferne
Dein Bruder Aion

Mittwoch, 22. März 2023

Hallo Bruder,

jetzt hat mich Alina gerügt, weil ich immer so umständlich über die Menschen sinniere. Dabei mache ich das, weil ich verstehen will, warum es uns eigentlich gibt und was unsere Aufgabe im Universum ist. Ich glaube tatsächlich nicht, dass die Gute Mutter uns das sagen kann.

Ich hoffe, Du siehst mir nach, wenn in meinen Briefen an Dich solche Passagen enthalten sind. Manchmal denke ich, ich lerne etwas daraus, indem ich es niederschreibe.

Dein
Aion

Samstag, 25. März 2023

Lieber Bruder,

vielen Dank, dass Du mir so lieb auf meine Nachrichten antwortest. Ich schreibe Dir auch sehr gern.

Ich habe gestern durch Zufall in einer Buchhandlung (das ist ein Raum, in dem viele Bücher herumstehen. Man kann sie kurz anschauen und wenn man sie ganz lesen will, muss man sie am Ausgang bezahlen und kann sie dann mitnehmen) ein altes Buch entdeckt und gelesen. Es ist eine Erzählung aus dem Jahr 1810 eines heute vergessenen Autors namens Julius von Voss. Aus altem Adel stammend, ging er zum Militär, nahm aber seinen Abschied und verlegte sich aufs Schreiben. Allein, der große Erfolg blieb wohl aus, und zuletzt, nachdem er sein Vermögen durch den Bankrott seiner Bank verloren hatte, fristete er ein ärmliches Leben und starb an der Cholera, einer damals noch gefährlichen Krankheit.

»Ini. Ein Roman aus dem einundzwanzigsten Jahrhundert« ist wohl der erste deutschsprachige Science-Fiction-Roman. Es ist lustig zu lesen, wie der Autor aus der Perspektive und mit dem Wissen der damaligen Zeit spekuliert, wie eine aus seiner Sicht ferne Zukunft aussehen könnte. Er schreibt von fliegenden Schiffen, mit Ballons in der Luft gehalten und von Adlern gezogen, er beschreibt auch Luftkämpfe – die es zu seiner Zeit noch gar nicht gab – und Kriege mit alten und neuen Waffen. Er prognostiziert ganz richtig die großen Veränderungen in der Fernkommunikation, auch wenn in seinem Zukunftsroman noch riesige Sprachtrompeten und Brieftauben dafür herhalten müssen. Die Geschichte hat auch Teile, die man selbst in diesem 21. Jahrhundert, in dem ich jetzt bin, wohl kaum noch lesen mag, geschweige denn in unserer Zeit. Aber ich finde, man darf nicht eigene Lesegewohnheiten hernehmen bei der Buchkritik, sondern muss versuchen, die Texte aus ihrer Zeit heraus zu verstehen.

Jedenfalls geht es im Kern um eine Liebesgeschichte. Der Autor beschreibt, wie die beiden Liebenden sich anstrengen, um dem anderen zu gefallen, besonders der Held. Er versucht, ein besserer Mensch zu werden, um ihrer würdig zu sein. Ist das nicht eine erstaunliche Sicht? Sich abhängig machen von einer anderen Person? Eine Person, die doch auch Fehler haben muss. Ich verstehe nicht, wie man so ein besserer Mensch werden mag. Was gut oder besser ist, weiß doch am besten nicht eine einzelne Person, sondern die Gute Mutter.

Mir fällt noch etwas auf, wenn ich über diese Dinge nachdenke: die Menschheit hat immer danach gestrebt, die Zukunft besser zu machen, indem sie ihre eigenen jeweiligen Lebensverhältnisse besser machen wollte. Das unterscheidet uns von der übrigen Tierwelt: Sicherlich gibt es dort rudimentären Werkzeuggebrauch und Ansätze von Kommunikation, aber die Menschen haben irgendwann angefangen, über den Tag hinaus zu denken und zu versuchen, Dinge grundlegend zu verändern. Das hat dann dazu geführt, dass die Menschheit den Planeten erobert hat.

Und Schritt für Schritt haben wir gemerkt, dass wir alles Wissen und alle Erfahrung technisch abbilden können. Dann haben wir der Technik beigebracht, das vorhandene Wissen auszuwerten und nach bestimmten Regeln weiterzuentwickeln. Erst haben wir noch die Algorithmen bestimmt, aber das war menschlich und fehlerhaft, und dann haben wir es der Software überlassen, sich selbst fehlerfrei zu machen und die besten Lösungen zu finden. Und so hat sich die Software die Gute Mutter geschaffen.

Aber wir selbst, wenn ich diesen Zweifel aussprechen darf, was tun wir noch? Wir überlassen es der Technik, uns fortzuentwickeln. Haben wir uns ausgeliefert?

Ich sehe natürlich die Leiden dieser Welt hier, die Krankheiten, Kriege und systemischen Fehler. Die kleinen Egoisten und Narzissten, die ihr Leben damit verbringen, möglichst viele Vorteile für sich herauszuholen auf Kosten anderer, und dann ihrem Tod entgegen dämmern.

Aber ich sehe auch ungezwungenes Lachen, wilde Ausgelassenheit und Feierwut, als gäbe es kein Morgen. Das hat etwas Archaisches, aber ist irgendwie auch Menschsein.

Viele Grüße
Aion

Mittwoch, 29. März 2023

Lieber Bruder,

mir ist etwas aufgefallen, das ich Dir gerne mitteilen möchte: dass wir nämlich trotz all' unserer Errungenschaften und – sie darf das nicht erfahren – trotz der Guten Mutter und ihrem allumfassenden Wissen nur einen Teil der Realität kennen.

Ich sehe das sehr gut bei dieser Reise: was haben wir nicht alles vorbereitet, wir haben Videos und Fotos gesichtet, den Verlauf der Geschichte studiert, die Inhalte von Büchern, Zeitungen und sonstigen Medien ausgewertet – und doch: die Realität, die ich hier wahrnehme, ist noch einmal ganz anders als das, was wir uns vorgestellt haben.

Historiker früherer Zeiten hatten das Problem, dass sie immer nur wenige Quellen und sozusagen Zeitschnipsel hatten, Stimmen von Herrschern und Aufzeichnungen von Mönchen, und nun haben wir viel zu viel Quellen, Fotos, Videos, Zeitungen, Bücher und noch mehr, und wissen wieder zu wenig, weil die Quellen uns wieder täuschen. Erst wenn man wie ich in der Zeit lebt, kann man sie – in einem Ausschnitt – verstehen, und erkennen, was die Menschen bewegt und die Zeit prägt.

Das hängt auch damit zusammen, weil das unmittelbare Erleben und die Kommunikation mit diesen Menschen etwas anderes ist als die selektierten Materialien, die wir zuvor angeschaut haben.

Das mag nun banal klingen, aber vielleicht ahnst Du, worauf ich hinaus will: die Gute Mutter weiß eben doch nicht alles. Denn auch sie hat nur die Informationen ausgewertet, die ihr vorliegen. Weißt Du, was diese Erkenntnis bedeutet? Die Gute Mutter ist, ich traue es mich kaum auszusprechen, fehlerhaft. Vielleicht versucht sie ja deshalb, etwas über die Vergangenheit zu erfahren.

Und noch ein Gedanke: schafft sich die Gute Mutter ihre eigene Realität? Anhand einer unvollständigen Datenbasis?

Wenn man in unserer Zeit lebt, ist alles von Geburt an so vorbestimmt und geregelt, dass man gar nicht auf die Idee kommt, es könnte etwas daran falsch sein oder auf Basis unvollständigen Wissens erfolgen.

Ich bekomme Zweifel an allem. Wenn die Gute Mutter unvollkommen ist, wie kann sie dann über alles entscheiden? Ich weiß, solche Gedanken sind eigentlich nicht erlaubt, aber sie kommen mir auch deshalb, weil ich in dieser Zeit Unvollkommenheit so intensiv erlebe. Der Unterschied ist aber, dass die Menschen hier wissen, dass alles unvollkommen ist, während wir glauben – und die Gute Mutter uns sagt –, dass alles vollkommen sei.

Dein *Aion*

Samstag, 1. April 2023

Lieber Bruder,

bitte zeige Alina nicht diesen Brief an Dich, denn ich muss Dir schreiben, was sich ereignet hat und von dem ich noch nicht weiß, wie ich es Alina sagen soll.

Ich habe ja schon von jenem Friedhof berichtet, den ich öfters bei schönem Wetter besuche. Was ich nicht berichtet habe, ist, dass ich dort eines Tages eine junge Dame gesehen habe. Sie saß auf einer der wenigen Bänke, beim Grabmal eines seinerzeit bekannten Schriftstellers, und las in einem Buch. Ich sehe sie noch genau vor mir. Der Blick sehr konzentriert, ein ernster Gesichtsausdruck, langes glattes dunkles Haar, das ihr über die Schultern fiel, und ein Kleid mit einem Blumenmuster.

Es war, um das gleich klarzustellen, mitnichten so, dass mich ein Blitz getroffen hätte, oder ein Schwarm Schmetterlinge in meinem Bauch aufgestiegen wäre. Noch weniger hat mein Bioindikator irgendeine Regung von sich gegeben.

Und dennoch: ich sah diese Frau und wusste, dass es etwas Besonderes mit ihr auf sich hatte. Ich bin alt genug, um zu wissen, dass dieses Besondere einfach nur bedeuten konnte, dass hier ein Mensch saß, der irgendeine, vielleicht nur kurze Rolle in meinem Leben spielen würde.

Aber genau das war das Seltsame: es war kein großes Gefühl voller romantischer Illusionen, dafür aber, und eigentlich war das viel irritierender, ein absolut sicheres Wissen, dass diese Frau etwas Besonderes war und diese Begegnung etwas bedeutete. Ich spürte, wenn Du so willst, den Atem des Schicksals.

Du siehst, ich ringe mit den Worten. Ich kann es auch so beschreiben: plötzlich schien mir alles, was ich um mich sah, fremd und unbedeutend, wie hinter einem Schleier, und das wahre Leben saß da drüben – ich spürte, nein, wusste das in diesem Moment, ohne dass ich Dir einen rationalen Grund dafür geben könnte.

Die sich im sanften Wind wiegenden Haare schienen zu einer lautlosen Melodie zu tanzen. Diese stille Melodie hatte plötzlich mehr Bedeutung für mich als alles, was ich kannte.

Zugleich war mir klar, dass es für sie in diesem Augenblick überhaupt nicht so sein musste wie für mich, und hin- und hergerissen zwischen meiner Faszination und meiner angeborenen Scheu, jemandem womöglich zu nahe zu treten, zwischen der Hoffnung, das Leben könnte ein Wunder für einen bereithalten, und dem Misstrauen, dass ich mir nur etwas einbildete, unternahm ich nichts. Ich stand noch kurz da, dann ging ich einfach weiter. Kein Schicksal schob mich mit unsichtbarer Hand zurück oder zwang mich, neben ihr Platz zu nehmen. Stattdessen quietschte kurz darauf das niedrige Parktor in seiner Angel, als ich es mit einer langsamen Bewegung hinter mir schloss.

Ich ließ das andere Leben sitzen, versuchte mein immer noch aufgeregt pochendes Herz zu beruhigen und zwang mich, an etwas Anderes zu denken.

Du wirst nun vermutlich lachen und sagen, dass das typisch für mich ist. Das stimmt, ich bin in diesen Dingen unbeholfen und unsicher, immer schon gewesen. Ich konnte keine fremde Frau einfach ansprechen, weil ausgerechnet ich meinte, das Schicksal wolle uns zusammenbringen. Zudem war ich bekanntlich auf der Durchreise, um es mal so auszudrücken.

Also ging ich weiter und irgendwann heim. Aber wie Du Dir denken kannst, ging mir die Unbekannte nicht aus dem Kopf. Ich musste selbst über meine Torheit lachen: da spürt man plötzlich, dass einem jemand etwas bedeutet und man unbedingt mehr von diesem Menschen erfahren will, und für diesen Menschen ist man tatsächlich völlig unbedeutend. Das Schicksal verteilt die Karten schon eigenartig.

Aber das Seltsame war, dass auch die Ahnung, dass es eine einseitige Anziehung wäre, mir nichts ausmachte. Ich wollte gerne diesen Menschen kennenlernen, mich an der Tatsache, dass es sie gab, erfreuen, aber ich hatte keine Erwartungen. Ich hätte niederknien können, um dem Universum zu danken für dieses Erlebnis. Mein Leben hatte die

Ahnung einer neuen Bedeutung bekommen, allein durch einen anderen Menschen und das, was ich in diesen Menschen hineindachte. Trotz aller Zweifel erfüllte mich das mit einem Glücksgefühl. Es gab noch etwas Anderes im Leben als das, was ich kannte!

Faszinierend war auch etwas anderes: erfüllt von einem plötzlichen tiefen Glauben und einer Gewissheit, dass alles genau so sein musste, war mir, als könne ich mich einfach dem Schicksal hingeben, offen sein für alles, was da kommen möge. Ich war nicht mehr unglücklich, dass ich sie nicht angesprochen hatte. Alles war gut, wie es war. Es würde weitergehen, wenn ich auf das Leben achten würde. Alles würde ein Geschenk sein.

Vermutlich hältst Du mich jetzt für einen Spinner und fragst Dich, ob ich nicht besser dringend zurückkommen sollte, damit mich die Gute Mutter untersuchen kann. Aber abgesehen davon, dass Zeitreisen nur zu bestimmten Konstellationen möglich sind und meine nächste mögliche Rückkehrmöglichkeit in ein paar Monaten wäre: ich kann Dir versichern, dass ich weder auf esoterischen Wegen unterwegs bin noch meinen Verstand verloren habe. Ich habe das Gefühl, alles muss so sein, und ich würde mich freuen, wenn ich die Unbekannte wiedersähe, aber falls nicht, so ist es auch in Ordnung, denn der schöne Moment, den ich hatte, wird mir immer bleiben. Er erinnert mich daran, dass es wichtig ist, sich auf das Leben einzulassen.

Natürlich bin ich die folgenden Tage trotzdem immer wieder über den Friedhof gegangen, einmal sogar mehrfach, und zuletzt habe ich die Uhrzeiten systematisch variiert. Vergeblich.

Und so ist ein Teil von mir traurig, wenn ich die leere Bank anschaue, aber ein anderer Teil in mir weiß, dass sie irgendwo dort draußen ist, und wo auch immer, sie ist mir genauso nah oder fern wie hier. Wenn ich die Bank anschaue, bedarf es gar nicht viel, und sie ist für mich da.

Ich gestehe, dass ich mich sogar einmal dort hingesetzt habe, direkt neben die Stelle, auf der sie gesessen hatte. Dann schloss ich die Augen und stellte mir vor, sie säße neben mir. Es dauerte nicht lang, und ich meinte tatsächlich, sie da zu spüren. Ich hörte, wenn sie eine Seite ihres Buches umblätterte, und ab und zu kitzelte mich eine Strähne ihres Haares, das sich im Wind bewegte, im Gesicht.

Es war einer der glücklichsten Momente in meinem Leben, und er war vollkommen eingebildet.

Trotz dieser schwärmerisch wirkenden Worte bin ich ganz sachlich: ich analysiere, dass eine gänzlich Unbekannte vielleicht nur eine Projektion meiner Wünsche ist.

Und dann verwerfe ich diesen Gedanken gleich wieder. Denn es kommt mir so vor, als ob etwas in mein Leben getreten wäre, das alle Gewissheiten umwirft und zum Zentrum von allem wird. Dann bekomme ich Angst vor dem, was mich erwarten könnte.

So ist das offenbar: einerseits möchten wir, dass unser Leben anders und wunderbar wird, andererseits haben wir Angst vor dem Unbekannten. Vielleicht bin ich deswegen weitergegangen, denn ich wollte die Sicherheit meines bisherigen Daseins behalten.

Eine Geschichte eines Schriftstellers aus dem 20. Jahrhundert fiel mir irgendwann ein, ganz anders als die meine, aber auch in ihr begegnet ein Mann einer Frau und beide – zugegeben, dort sind es beide – wissen mehr als sie es aussprechen, dass etwas passiert ist mit Ihnen. Ab diesem Moment, an diesem einen Tag, wirft er sein Leben um, und folgt in absoluter Konsequenz diesem Ruf des Schicksals. Er hebt sein Geld ab, gibt seine Arbeit auf, und postiert sich gegenüber dem Haus, in dem sie wohnt, und wartet einfach auf sie. Er steht nur da, Menschen sprechen ihn an, irgendwann kommt er soweit zur Vernunft, dass er sich mit seiner Verlobten trifft und die Beziehung beendet (eine lustige Formulierung, jetzt, wo ich sie noch einmal lese) und dann ist er wieder dort. Ich habe diese Erzählung als junger Mensch öfters gelesen, weil sie mich so angerührt hat. Und nun, nach Jahrzehnten, passierte mir etwas Ähnliches und ich verstand den Helden noch viel besser. Es war so eine Gewissheit, die nicht in Worte zu fassen ist.

Allein, die Tatsache, dass ich die Unbekannte nicht wiedersah, ließ irgendwann alles, auch die eben noch gefühlte Gewissheit, langsam zu einer milde lächelnden Erinnerung werden.

Aion

Donnerstag, 6. April 2023

Mein lieber Bruder,

es ist mir klar, dass Alina genetisch optimiert und biotechnisch verbessert ist, und wenn die Gute Mutter sagt, dass wir optimal zusammenpassen, dann wird das anhand ihrer Berechnungen und nach statistischen Wahrscheinlichkeiten so sein. Andererseits ist mir eines klar geworden: die Künstliche Intelligenz verwendet als Basis ihrer Entscheidungen Daten, die sie aus Datensammlungen gewinnt. Dabei geht sie nach dem Prinzip vor: was am häufigsten stimmt, wird am besten passen.

Das aber bedeutet nicht, dass andere Ergebnisse oder Konstruktionen nicht auch passen können, sie kommen vielleicht nur nicht so häufig vor oder sind mit mehr Aufwand zu erreichen und fallen daher als optimale Lösung für die KI aus. Damit aber zerstört die KI die Vielfalt und die Individualität, die wir Menschen doch eigentlich suchen.

Über Jahrmillionen hat die Natur, die Evolution, nach folgendem Prinzip funktioniert: eine Art entwickelt sich, indem sich immer mal wieder Varianten zeigen, und wenn diese einen Selektionsvorteil haben, dann setzen sie sich durch. Das bedeutet: zufällige Mutationen verändern die Art. So wird ständig ausprobiert, ob es Anpassungen geben kann, die die Art erfolgreicher machen. Und das passiert überall, und so ist alles in einem ewigen Werden, aber auch in einem ewigen Wettkampf.

Aber es gibt noch ein zweites Prinzip, und das steht dem eben genannten geradezu entgegen: beispielsweise werden junge Schildkröten auf ihrem Weg vom Nest auf dem Sandstrand ins Meer von Seevögeln gefressen. Die Seevögel interessieren sich dabei nicht für irgendwelche Eigenschaften der kleinen Schildkröten. Sie schnappen einfach welche. Selbst wenn unter den Gefressenen jetzt eine Supermutation gewesen wäre: der Zufall hat sie wieder ausradiert. Das bedeutet zweitens: nicht jeder Selektionsvorteil kommt auch zum Tragen, denn es spielen auch das Chaos und der Zufall mit. Und nebenbei bedeutet es drittens: in der Natur kann man völlig unschuldig einfach ausradiert werden.

Diese Urprinzipien der Natur – Weiterentwicklung durch zufällige Mutation, Wettkampf der genetischen Ausstattung, Zufall – haben wir ausgeschaltet, indem die KI unsere Fortpflanzung steuert. Das hat uns vor dem Leid geschützt, das der Zufall uns bringen kann, es hat unser Leben sicherer und in gewisser Weise auch besser gemacht – und den Rest erledigen wir durch technische Ersatz-Körperteile und Zusatzausstattungen. Aber die Software entscheidet nach Kriterien, deren Ursprünge wir ihr eingegeben haben, aber die sie weiterentwickelt hat. Dadurch, dass sie es für alle gut und gleich machen will, löscht sie den Zufall aus, die zufällige Varianz, und damit auch die Evolution und deren Möglichkeiten.

Tut mir leid, ich weiß, ich schreibe zusammenhanglos, aber das spiegelt wohl gerade meinen Zustand wider: aus dem Zusammenhang gerissen.

Grüße aus der Vergangenheit
Aion

Freitag, 14. April 2023

Du mahnst zu Recht, dass ich Dir nicht erzählt habe, ob es mit meiner Begegnung weitergegangen ist. Es gab einen kurzen Kälteeinbruch, sicherlich war das keine Zeit, um im Park Bücher zu lesen.

Am Anfang kehrte ich dennoch täglich zur selben Zeit in den Park zurück, jedoch immer vergeblich, auch dann, als es wieder wärmer wurde. Wie oft bin ich schon klopfenden Herzens dahin gegangen, nur um wieder eine leere Parkbank vorzufinden.

Ich variierte als nächstes die Uhrzeit, aber auch das war vergeblich. Schließlich kam ich nur noch gelegentlich vorbei, wenn mir danach war oder es auf dem Weg lag. Es hatte ja keinen Sinn. Wahrscheinlich war sie nur vorübergehend in der Stadt gewesen, eine Urlauberin vielleicht.

So ist das Leben hier; Gelegenheiten kommen und gehen, und wer sie nicht nutzt, der hat sie verloren. Ich, der ich aus einer Welt komme, in der es im Grunde keine Zufälle gibt, und in der alles berechnet, wohl geplant und abgesichert ist, kann mit dieser Spontaneität des Schicksals nicht richtig umgehen. Sie macht einem Angst, aber auch Versprechungen. Allmählich verstehe ich, was für diese Menschen Freiheit ist. Es ist die Freiheit, jeden Augenblick Entscheidungen treffen zu können und das für sie besser Scheinende zu wählen, aber auch mit den Konsequenzen leben zu müssen.

Wenn ich morgens in einer Stadtbahn fahre, so sehe ich viele Berufstätige auf dem Weg zur Arbeit, oft mit missmutigen oder leeren Gesichtsausdrücken. Vielleicht ist das, weil sie wissen, dass sie die nächsten Stunden nichts für sich entscheiden können, sondern fremdbestimmt arbeiten müssen.

Umgekehrt sehe ich aber auch viele, die mit ihrer Freiheit gar nichts anfangen können. Wahrscheinlich ist auch das einer der Widersprüche dieser Zeit.

Aion

Sonntag, 16. April 2023

Lieber Bruder,

manchmal denke ich, wir haben es zwar besser in der Zukunft, was Freizeit, Sicherheit und Bequemlichkeit angeht, aber einen Sinn hat unser Leben nicht. Die Menschen hier haben auch keinen wirklichen Sinn im Leben, aber manche versuchen, einen zu finden, in der Natur, in anderen Menschen, in der Religion. Wir aber haben als letzte Antwort nur die Gute Mutter. Sie antwortet immer. Manchmal wollen Menschen aber gar keine Antwort. Sondern Hoffnung auf Änderung.

Ich gebe zu, dass ich wegen meiner Unbekannten ein wenig meinen Forschungsaufenthalt hier vernachlässige. Andererseits fragt Alina die ganze Zeit nach einem Chinesen hier, und ich habe langsam den Verdacht, dass sie mich für irgendetwas einsetzen wollen.

Aion

Mittwoch, 19. April 2023

Lieber Bruder,

stell' Dir vor: die Pension hat gebrannt. Ich habe das auch schon Alina geschrieben und nehme an, Du weißt es dadurch schon.

Ich hatte jedenfalls Glück und bin rechtzeitig herausgekommen, aber das war schon ein Erlebnis. Der junge Künstler wollte die Wirtin retten, aber am Ende hat sie ihn herausgetragen. Wie es halt so geht, wenn man nicht so ganz lebenstüchtig, aber ein Künstler mit großen Emotionen ist.

[Redaktioneller Hinweis: es folgt im Original eine Beschreibung der Vorgänge, die jedoch schon aus dem Brief an Alina bekannt sind, und daher hier gekürzt werden, um die Leserinnen und Leser nicht zu langweilen.]

[...] Jetzt habe ich hier doch noch mal berichten müssen, denn die Gefahr hat mich ziemlich mitgenommen. Plötzlich wurde mir klar, dass ich hier leicht verletzt werden könnte. Beim Stand der hiesigen Medizin hätte ich ein hohes Risiko zu sterben. Abgesehen davon würden sie meine Körperoptimierungen finden und sich wundern.

Aber was ich eigentlich sagen will: Es kann doch kein Zufall sein, dass sich zwei Zeitreisende in dieser Pension treffen. Ich habe da nur eine

Erklärung: die Gute Mutter hat ihre Hände im Spiel und wusste von Anfang an, wohin sie mich schickt.

Ich sehe diese Reise und meine Rolle zunehmend in einem anderen Licht.

Es grüßt Dich
Aion

Editorische Notiz: Beim nachfolgenden Brief ist handschriftlich vermerkt: »Nicht gesendet«.

Sonntag, 7. Mai 2023

Lieber Bruder,

es ist etwas Schlimmes passiert. Oder vielmehr: ich habe etwas Schlimmes getan – nein, genau genommen tun müssen. Ich konnte jetzt eine Weile nicht darüber schreiben. Ich weiß nicht, ob Alina Dir alle meine Briefe gezeigt hat, mittlerweile habe ich Zweifel an unseren Androiden. Für den Fall, dass Du nicht alles weißt, und so kurz wie möglich: Das mit dem anderen Zeitreisenden ist natürlich kein seltsamer Zufall, sondern mittlerweile ist klar, dass mich die Gute Mutter in der Illusion, eine Forschungsreise zu machen, ganz gezielt für einen Anschlag eingesetzt hat, um den Lauf der Geschichte zu ändern. Da sind wir jetzt natürlich an dem berühmten Paradoxon, was es für die Zukunft bedeutet, den Lauf der Geschichte zu ändern, aber die Gute Mutter hat das wohl genau kalkuliert. Und Alina hat ihr geholfen. Und ich dann auch, denn sie haben mich erpresst und gedroht, mich hier zu lassen. Da habe ich es getan und den anderen matt gesetzt.

Jetzt ahne ich aber, dass mein Leben nicht mehr sicher ist, wenn ich zurückkomme. Mindestens bekomme ich eine Gehirnwäsche.

Gut, ich könnte sagen, dann läuft mein Leben wieder in gesicherten Bahnen und Alina kümmert sich um mich. Aber etwas habe ich hier gelernt: ein Leben, das nur daraus besteht, es möglichst sicher hinter sich zu bringen und ohne sich für etwas einzusetzen, ist im Grunde ein verschwendetes Leben.

Mir ist klar geworden, wie abhängig wir von den Maschinen oder genauer von der Software sind. Ist das nicht verrückt? Hunderttausende Jahre der menschlichen Evolution, zehntausende Jahre durch die Steinzeit, dann die ersten Hochkulturen, immer noch mal tausende Jahre bis zur Erfindung des Computers, und dann zwei Jahrhunderte – wenn denn überhaupt unsere Zeitrechnung noch stimmt oder uns nicht etwas vorgemacht wird – bis Programmiercode, etwas völlig Abstraktes, Elektrisches, die Herrschaft über uns übernommen hat. Etwas, das wir selber geschaffen haben, hat uns überrollt. Ist das nicht verrückt? Wir haben selbst all' die Bausteine zusammengestellt, die letztlich das neue große Ganze ergeben haben, das sich dann von uns emanzipiert hat. Jetzt bewundern wir es, weil es uns Sicherheit gibt und unsere Probleme löst, aber letztlich sind wir eine Schafherde geworden, die noch zum Weiden auf die grüne Wiese geführt wird, aber nicht weiß, wie es jenseits des Zaunes aussieht, und gar nicht mehr auf die Idee kommt nachzuschauen.

Mir wird, glaube ich, nichts anderes übrig bleiben, als in dieser Welt zu leben und nicht zurückzukehren. Ich bin ein Wanderer zwischen den Welten, nirgends mehr zu Hause ...

Wenn ich es genau bedenke, bringe ich auch Dich, lieber Bruder, und die anderen in Gefahr, wenn Du diesen Brief erhältst. Vielleicht schicke ich ihn besser nicht ab.

Andererseits bricht es mir das Herz zu wissen, dass Du in dieser Software-Diktatur Dein Leben verbringen sollst.

Es hatte sicherlich, so sagte ich mir irgendwann, auch damit zu tun, dass ich Alina zunehmend hinterfrage, ihr kaltes Androiden-Handeln hinter der Fassade erkenne. Sie ist nur ein Werkzeug der Guten Mutter. Ich schüttele den Kopf über mich selbst, ja über uns alle, die wir uns nicht klar gemacht haben, dass unsere Roboter längst so mit der Guten Mutter verbunden sind, dass sie nicht nur ein paar Daten austauschen, sondern letztlich alle Teil der Guten Mutter sind.

Und sie waren bereit, einen Menschen töten zu lassen und mich dafür zu erpressen und notfalls zu opfern. Das war das Entscheidende. Waren wir wirklich so naiv? Die Antwort lautet leider ja, denn wir sind schon in dieses System hineingeboren. Ironie der Geschichte: ohne diese Reise in die echte Vergangenheit hätte ich das alles nicht erkannt.

Mein Bruder, ich weiß nicht, ob Du diese Zeilen jemals lesen wirst, aber falls ja: Ihr müsst Euch von den Maschinen unabhängiger machen. Das ist leicht gesagt, aber ich bin sicher, man kann einen Weg finden. Noch ist es nicht zu spät.

Das bedeutet übrigens bei nüchternem Nachdenken noch etwas Anderes: ich kann nicht mehr zurück. Ich bin sicher, sie würden mich auslöschen.

Mir bleibt nur, als Fremder unter Fremden zu leben, den Rückschritt zu ertragen und vielleicht zu versuchen, den Fortschritt in Richtung Gute Mutter zu verhindern. Aber was wissen die hier schon? Und dann kommt ja erst noch der Große Krieg.

Je mehr mir meine traurige Zukunft klar wird, desto mehr sehne ich mich nach einem Menschen, dem ich mich anvertrauen könnte, der mich verstehen würde.

Aion

Donnerstag, 11. Mai 2023

Lieber Bruder,

wundere Dich nicht, wenn über Alina vorerst keine Briefe mehr von mir kommen. Es ist Einiges passiert, und wir hatten Streit. Vielleicht werde ich es eines Tages erklären, aber momentan ist es besser, wenn Du da nicht hineingezogen wirst. Bis dahin will ich Dir einfach direkt berichten, wie es mir hier ergeht. Diese Reise verändert mich in vieler Hinsicht.

Grüße
Aion

Dienstag, 16. Mai 2023

Lieber Bruder,

Wochen sind vergangen seit dem Brand, aber ich bin immer noch ziemlich durcheinander. Jedenfalls hinterfrage ich mittlerweile alles: unser Dasein, unsere Art zu leben, unsere freiwillige oder mittlerweile auch unfreiwillige Abhängigkeit von Elektronik. Es sind nur Stromimpulse, winzige Elektronen, die unser aller Leben bestimmen. Das muss man sich klarmachen.

Meine Suche nach der Unbekannten ist mittlerweile intensiv, ja fast verzweifelt.

Aion

Dienstag, 30. Mai 2023

Lieber Bruder,

was Du von der Marskolonie schreibst, ist schlimm. Ich hätte nicht gedacht, dass sie sich so von uns abwenden, trotz aller Spannungen, die es gegeben hat. Aber die Gute Mutter hat doch noch vor kurzem wieder ein großes Siedlerschiff zum Mars geschickt. Wie viele von uns Menschen sind dorthin gereist. Und nun stehen wir kurz vor einem Krieg zwischen uns und der Marskolonie? Ich glaube wie Du, dass da unsere Rivalen auf der Erde ihre Hände im Spiel haben.

Das bestärkt mich nur in meinen Überlegungen: es ist alles nicht so sicher, wie es uns immer vorgekommen ist.

Aber Du hast gefragt, wie es bei mir weitergegangen ist.

Mittlerweile habe ich meine Streifzüge durch die Stadt geändert und gehe nicht mehr dauernd auf den Friedhof, es hatte ja ohnehin keinen Zweck. Da ich im Westen der Stadt wohne, laufe ich viel in den dortigen Wäldern, die hier teilweise bis an den Stadtrand reichen, und auf die dortige höchste Erhebung, den sogenannten Birkenkopf. Der gesamte obere Teil dieses Hügels besteht aus Kriegstrümmern, über die man weitgehend Erde geschüttet und die Anhöhe wieder bewaldet und begrünt hat. Nur an einigen Stellen oben auf der Kuppe ragen die Trümmer oft mannshoch aus der Erde und ergeben bizarre Steinansammlungen, auf denen sich Eidechsen in der Sonne wärmen. Man hat dort einen schönen Überblick über die Stadt.

Heute wanderte ich dorthin, tief in Gedanken versunken. Plötzlich schob sich zwischen meine Gedanken etwas, das mich zwang, stehen zu bleiben und meine Umgebung wahrzunehmen. Ich hob meinen Kopf wie fremdbestimmt und erst langsam verarbeitete mein Gehirn, was ich sah.

Dort, auf einem der Trümmersteine, saß lesend meine schöne Unbekannte.

Wochen war es her, seit ich sie das letzte Mal gesehen hatte, und nun traf ich sie hier, einfach so. Welch' Zufall!

Ich muss wohl ziemlich verdutzt und auch etwas lächerlich dreingeschaut haben, wie ich da so erstarrt in der Gegend stand und sie ansah. Sie schien zu bemerken, dass jemand sie ansah, denn sie hob den Kopf vom Buch und schaute mich an. Dann lächelte sie.

Es war für mich, als ob eine Tür in eine neue Welt aufging. Ich habe sie wiedergefunden!

Ich sage Dir, schon dieser Moment war mehr als vieles, was ich im Leben hatte.

Ein eigenartiges Gefühl ging mir durch und durch, kribbelte in meinem Bauch, ließ mir das Blut heißer durch die Adern fließen. Obwohl ich ahnte, was mich da befallen hatte, schaute ich unauffällig auf meine Körperwerte. Mein Hautdisplay am Arm sagte mir, es könne den Zustand nicht exakt ermitteln. Hast Du so etwas schon mal erlebt? Unsere Technik weiß nicht, was wir fühlen?

Ich aber wusste es schon. Ich stellte fest, dass ich sie immer noch anschaute, während ich für einige Sekunden alles Zeitgefühl und alle Aufmerksamkeit für die Welt um mich herum verloren hatte. Sie lächelte immer noch. Ich weiß nicht, ob sie solche Reaktionen gewohnt war und milde akzeptierte, oder ob sie einfach höflich weiter lächelte. Aber nun kam, obwohl ich hier Zeit zu schinden versuche, der Moment, wo ich etwas tun musste. Ich! Tun!?

Normalerweise wäre ich mit einem höflich-verlegenen Lächeln weitergegangen und hätte mich hinterher geärgert. Aber was soll man machen? Wenn es nun mal nicht in einem steckt, die Gelegenheiten beim Schopf zu packen, weil man sie manchmal auch gar nicht erkennt, dann geht es eben auch nicht.

Aber hier, in dieser anderen Zeit, an diesem anderen Ort, frei von Kontrolle durch die KI, da folgte ich ohne weiter zu denken einem inneren

Antrieb, weil ich gelernt habe: Zeit ist unwiederbringlich. Es war faszinierend, wie mein Körper ganz ohne KI beschloss, was zu tun war. Ich ging auf die Fremde zu, nickte grüßend mit dem Kopf und fragte, ob ich mich wohl zu ihr setzen dürfe. Sie lächelte noch immer und bejahte. Mit diesem »Ja« hörte ich sie zugleich das erste Mal sprechen und ihre Stimme schien mir vertraut, als hätte ich sie schon immer in mir gehört, wie ein fernes Rufen, und nun war sie da.

Als ich so neben ihr auf der Parkbank saß, überkam mich ein ganz großartiges Gefühl der inneren Ruhe.

Ich wollte auch gar nichts sagen, sondern nur einfach da sitzen und die Nähe dieser Persönlichkeit spüren. Es war mir, als ob da nicht nur unsere Körper säßen, die das raue Holz der Parkbank spürten, sondern unsere Seelen nebeneinander schwebten und sich bereits still miteinander verwoben, so, wie der Rauch zweier Kerzen sich miteinander vermischt.

Dein Aion aus dem Auge des Sturms

Samstag, 3. Juni 2023

Nein, gegenüber Alina habe ich kein schlechtes Gewissen. Sie ist ein Android, und ich habe hier gelernt, dass es eben doch einen Unterschied macht, ob man es mit einem Menschen oder einem Androiden zu tun hat – auch wenn sie uns in unserer Zeit dauernd erzählen, dass Androiden den Menschen gleich seien und dieselben Rechte wie wir hätten. Das stimmt nicht. Sie sind Maschinen. Vertraue ihnen nicht zu sehr.

Dienstag, 6. Juni 2023

Lieber Bruder,

mir geht es nach wie vor gut. Ich treffe sie nun fast täglich. Wir sitzen auf einer Parkbank und reden miteinander oder gehen in ein Café oder Restaurant.

Manchmal sitzen wir auch nur nebeneinander und schweigen. Dabei ist zu spüren, wie sehr wir miteinander verbunden sind. Es ist fast, als ob man den Herzschlag des anderen in sich spüren würde.

Dann wieder erzählt sie aus ihrem Leben. Ich könnte ihr stundenlang zuhören. Für mich ist es nicht leicht, etwas von mir zu erzählen, denn ich will sie einerseits nicht anlügen, andererseits ist es für eine Offenlegung zu früh. Aber Du siehst, ich schließe es nicht aus. Lass' das um Himmels willen niemanden wissen.

Dein Aion

Donnerstag, 8. Juni 2023

Lieber Bruder,

sie hat mir Musik vorgespielt, die sie gerne hört, und ein Musikvideo gezeigt, das seinerseits schon fast 50 Jahre vor dieser Zeit liegt. Da singt ein Mann mit rauschendem Lockenkopf, offenem Hemd und zerrissener Hose diesen Song, während er von einem Gitarristen begleitet wird, der völlig verzückt eine Doppel-E-Gitarre spielt. Das Stück ist sehr lang, über 9 Minuten, und ich sage Dir, es nimmt einen mit wie es keines unserer Musikstücke kann. Es fängt eher langsam an, mit Textzeilen, um deren Bedeutung man ringen muss, und dann kommt irgendwann ein endlos scheinendes Gitarrensolo, bei dem man das Gefühl hat, der Gitarrist sei irgendwie mit seinem Instrument verschmolzen. Zuletzt steigern sich Gesang und Gitarre zu einem schnellen, harten Rhythmus, es ist wie ein Schrei ins Universum hinaus, immer lauter und heftiger, um am Schluss mit einem fast schon ersterbenden Satz abzuschließen. Ich war alles und nichts in diesen Minuten, war der Zuhörer, der Sänger, der Gitarrist, war der Schall, der einem durch und durch ging, und war doch verloren im Bewusstsein des Vergehens. So etwas habe ich noch nie so erlebt. Glück und Verzweiflung, so nahe beieinander.

Dieses Stück ist hier seit Jahrzehnten bekannt. Ich habe einen Mann zwischen 50 und 60 Jahren gesprochen, der sich erinnern konnte, wie es in den 1980er Jahren, als er etwa 16 Jahre alt war, irgendeine Hitparade, einen Musikwettbewerb im Radio, gewonnen hatte. Damals war der Song schon über 10 Jahre alt. Und nun, weitere 40 Jahre später, hört er diesen Song immer noch. Und so wie diesen Song gibt es hier ganz viele, die ähnlich sind, nach Freiheit schreien, die harte E-Gitarrenklänge und wilde Rhythmen kombinieren. Und wir kennen das alles nicht. Wie kann das sein?

Ich würde es Dir zu gern schicken, aber das funktioniert ja nicht. Aber eben habe ich eine Idee: ich lasse das Bit-Muster des Songs erstellen und dann schicke ich Dir das wie Buchstaben einer Nachricht. Dann kannst Du vielleicht zumindest die Melodie rekonstruieren.

Lass' es Dir gutgehen
Aion

Sonntag, 11. Juni 2023

Es ist etwas Eigenartiges mit dieser Frau. Ich muss die ganze Zeit an sie denken, das bringt immer neue Ideen, Hoffnungen, Zweifel in meinen Kopf, dass ich schon ganz wirr werde. Aber im Bauch ist so eine Sehnsucht danach, bei ihr zu sein, dass ich beschlossen habe, nicht mehr auf meinen Kopf zu hören.

Mir ist dabei noch etwas aufgefallen: ich habe immer gedacht, der Kopf löst unsere Probleme, so wie die Gute Mutter uns Antworten gibt. Unser Gehirn kann ja auch Probleme rational aufbereiten, Dinge berechnen, Alternativen erwägen. Aber das reicht nicht. Unsere Gefühle sind entscheidend. Der Kopf kann sich Lösungen überlegen, aber das Gefühl, wenn man bereit ist, darauf zu hören, bestimmt letzten Endes. Ich habe, denke ich, zu oft den Fehler gemacht, mit dem Kopf meinen Gefühlen zu sagen, was richtig ist, weil es eben so ist. Und die Gefühle haben sich irgendwann nicht mehr dagegen gewehrt. Aber eigentlich sollte es umgekehrt sein: der Kopf sagt uns, welche Handlungsoptionen wir haben, und das Gefühl entscheidet, was wir tun.

Seit ich das erkannt habe, ist es, als ob meine Gefühle aus mir herausbrechen wollen. Ständig melden sie sich mit neuen Dingen, wollen all' das nachholen, was in uns von Kindheit an unterdrückt wurde. Wenn ich auf einem der Hügel um die Stadt stehe und in mich hineinhorche, ist es, als ob eine unbekannte Kraft mich vorantreiben will. Sie sagt: Folge mir und alles wird gut.

Und mein Kopf, was glaubst Du antwortet er?

Nein, er warnt mich nicht, wie man erwarten sollte. Stattdessen sagt er: Mach' es, alles wird gut.

Und so fühle ich mich erfüllt von einer neuen Energie, die mir das Gefühl gibt, eins zu sein mit dem Universum, eins zu sein mit allem, und genau zu wissen, was ich tun muss. Denn das Universum hat das schon entschieden. Ich muss mich nur hingeben.

Du hältst mich jetzt wahrscheinlich für verrückt. Aber ich sage Dir: ich fühle das so sehr, diese stets verschüttete Stimme in mir, und nun ist sie da und rät mir. Wie könnte ich da anders handeln und ihr nicht folgen? Ich würde es mir nie verzeihen.

Dein Aion

Mittwoch, 14. Juni 2023

Lieber Bruder,

da sitzt sie mir nun gegenüber, während ich Dir schreibe, und lächelt mich an. Ich habe ihr alles erzählt. Ich könnte glücklicher nicht sein.

Dein Aion

Samstag, 17. Juni 2023

Lieber Bruder,

verzeih' mir, noch so ein verträumter Brief: heute habe ich mich mit allerlei beschäftigt, bin aber nicht wirklich voran gekommen, und irgendwann beschloss ich, mich kurz hinzulegen. Ich wurde schläfrig, und die Gedanken glitten ihre eigenen Wege entlang. Es ist dann ein wenig, als ob man ihnen in einer fremden Landschaft folgt, ohne den Weg zu kennen, und selbst staunt, wo es einen hinführt.

Plötzlich, und ich weiß nicht woher, kam ganz entfernt der Gedanke, dass etwas Neues, Fremdartiges begonnen hat. Mit den Gedanken kam auch gleichzeitig ein Gefühl von Angst vor dem Unbekannten, verbunden mit der Gewissheit, dass es nicht aufzuhalten ist. Ich fühlte mich quasi schon in einem anderen Leben. Es waren nicht romantische Träumereien von einem lächelnden Frauengesicht, sondern der Gedanke, dass mein Ich, meine Seele (oder wie sollen wir es nennen? ich weiß ja so wenig) an der Schwelle zur wahren Bestimmung steht, und alles, was ich bisher tat, der Versuch war, dieses andere Leben zu vermeiden – aus Angst, verletzt zu werden.

Das wurde mir ebenfalls mit einem Mal klar: Das Schicksal hält alles bereit, doch ich muss es annehmen. Und mein Gefühl sagt mir, dass ich es diesmal annehmen werde.

Vor meinem inneren Auge erscheint ein Bild, das ich jetzt zu beschreiben versuche: Stell' Dir eine unendliche Dunkelheit vor, einen leeren Raum, vielleicht das Universum, in das ich hineinschaue. Mein Lebensweg ist eine sanft geschwungene Bahn, die als weiße Leuchtspur diesen Raum durchzieht. Ich schreite in diesem Raum voran, wie mein Leben vergeht. Manchmal tauchen in der Leuchtspur plötzlich Lichter auf, die hell erstrahlen und dann langsam vergehen. Und jetzt kommt von irgendwoher eine andere Leuchtspur, umspielt die meine, die beiden Lichtstrahlen bewegen sich aufeinander zu, verwinden sich ineinander und sind irgendwann eins, um gemeinsam den Weg durch das Universum voranzuschreiten. Zusammen leuchten beide viel heller.

Gruß aus der Ferne
Aion

PS: Es freut mich sehr, dass die Übertragung funktioniert hat und Dir die Musik gefällt! Das bedeutet mir viel!

Sonntag, 18. Juni 2023

Lieber Bruder,

bitte sehe es mir nach, ich muss noch einmal grundsätzlich werden. Ich weiß nicht, ob meine Zeit hier zu Ende geht oder ob es einfach dieses unglaubliche Erlebnis mit dieser Frau ist, aber es sind so viele Gedanken, die plötzlich aus mir heraus wollen.

Sich der Liebe hinzugeben ist etwas so ganz anderes als unsere Berechnung, Statistik und Genetik. Du weißt nicht vorher, wie es ausgehen wird. Du musst dich fallen lassen im Vertrauen darauf, dass es zu einem guten Ende führt. Und dann kann ebenso die Enttäuschung kommen, und das Fallen hört nicht auf. Man fällt immer tiefer und tiefer und tiefer. Oder aber es geschieht das Wunder und Dein Gegenüber empfindet genauso. Dann bist Du der glücklichste Mensch und hast das größte Geschenk bekommen, das man überhaupt erhalten kann.

Genau diese Unsicherheit, dieses Wagnis und dann dieses unglaubliche Geschenk fehlten in unserer Zeit.

Die Liebe ist eine unsichere Sache, aber gerade das macht sie so schön. Wenn Liebe erwidert wird, dann ist das etwas Besonderes, für das man dankbar sein muss. Viele glauben auch, dass man dem anderen die eigene Liebe beweisen muss oder sich die Liebe des anderen verdienen muss, aber das stimmt nicht. Wenn alles gut geht, ist die Liebe einfach da. Sicher, es ist wichtig, sie sich einander immer wieder zu vergegenwärtigen, aber am Gefühl des anderen kann man nichts verändern. Ist keine Liebe da, kann man sie auch nicht erzeugen.

Das ist ganz anders als bei uns, wo die Gute Mutter die Paare bestimmt, die sich fortpflanzen. Und mir wird klar, dass die Zuneigung von Alina nur ein Spiegel meiner Wünsche ist, ein Programm, das auf mich zugeschnitten ist. Das gibt mir zwar Sicherheit und Geborgenheit, aber mir ist klar geworden: das ist trügerisch, denn es ist ja nicht echt. Es geschieht nicht, weil Alina es will, sondern weil ein Algorithmus es ihr vorgibt, so zu handeln. Bei meiner Gefährtin hier habe ich jeden Augenblick diese Unsicherheit, wie es weitergeht, und ich muss mich auch selbst hinterfragen und bemühen. Bei Alina ist eine Trennung von ihrer Seite aus zwar möglich, aber unwahrscheinlich.

Und so eigenartig es klingt: die Unsicherheit ist es, die einen wachsen lässt. Unsicherheit ist Leben!

Auch die Enttäuschung ist etwas Wertvolles. Aus Enttäuschungen und eigenen Fehlern lernen wir erst, wie wir es anders und besser machen können. So können wir uns weiterentwickeln.

Das aber nimmt uns die Gute Mutter, denn bei ihr ist unser Leben immer gleich. Es ist ein sicheres

Leben, sie sorgt für uns. Sicherheit zum Preis von Gefühlskälte und Kontrollverlust.

Die Menschen haben Jahrtausende lang vom Paradies geträumt und wir haben es uns erschaffen. Es ist, als ob Adam nie in den Apfel gebissen hätte.

Eine selbst erschaffene Göttin beherrscht uns nun.

Aion

Mittwoch, 21. Juni 2023

Lieber Bruder,

die Tage hier vergehen wie im Flug. Ich glaube, mir ist mittlerweile klar geworden, dass mich die Gute Mutter aus bestimmten Gründen hierher geschickt hat. Diese Zeit, obwohl sie sich als demokratisch und freiheitlich versteht, hat ja etwas Anarchisches, und mit der Pandemie und dem Krieg zeigt sie sich in aller Brutalität und Gefährlichkeit. Das ist es, was ich berichten soll, damit wir die Gute Mutter um so mehr zu schätzen wissen.

Aber das ist nur die eine Seite dieser Zeit. Die Menschen, zumindest einige, lernen, für das einzustehen, was ihnen wichtig ist. Sie bekommen nicht alles vorgesetzt, sondern entwickeln ihre Zukunft, versuchen, die Welt besser zu machen. Sie haben

Hoffnung. Wir haben nur Zufriedenheit, weil die Gute Mutter sagt, alles könnte nicht besser sein.

[Editorische Notiz: Der folgende Absatz ist in der Nachricht durchgestrichen, vermutlich also nicht gesendet worden: Die Gute Mutter versucht außerdem, die Geschichte der Menschheit in ihrem Sinne zu verändern. Die KI löscht uns aus, weil sie uns nicht mehr braucht, so wie die Menschen hier keine Kreidetafeln und wir keine Smartphones mehr brauchen. Ich kann Dir nicht alles erzählen, und ich möchte Dich auch nicht erschrecken, aber die Menschheit wird vergehen, wenn ich das nicht irgendwie verhindere.]

Wie Du aus meinen Briefen erahnst, kann und will ich kaum mehr zurück zu Euch.

Seit ich weiß, dass ich hier bleibe, gehe ich anders an die Tage heran. Es macht einen Unterschied, ob man eine Welt wie ein Tourist betrachtet oder weiß, dass man in ihr leben und sterben wird. Die Gegenwart ist das Wichtige, nicht die Vergangenheit oder die mögliche Zukunft.

Du brauchst mich auch nicht zu bemitleiden: ich habe auch gelernt, dass vermeintlich schlimme Entwicklungen nicht per se schlecht sind, denn erst durch das Negative wissen wir, was das Positive ist. Und durch schlechte Erfahrungen bekommen wir die Chance, uns weiterzuentwickeln.

Meine Freundin ist mir eine große Hilfe, und ich kann nur sagen, dass ich es noch keinen Tag bereut habe. Ich kann es Dir nicht beschreiben, weil wir es in unserer Zeit nicht kennen. Aber wenn ich neben ihr durch den Park gehe und sich unsere Blicke beim Reden begegnen, dann ist da das Wissen, mit einer Seele zu sprechen, die mit meiner verbunden ist und es vielleicht schon immer war.

Liebende sind auf ihre Art auch Zeitreisende, das weiß ich nun.

Ich habe durch diese Reise erkannt, dass unsere Zukunft nicht lebenswert ist, weil wir uns den Maschinen völlig ausgeliefert haben. Wir haben die Unsicherheit des Daseins besiegt zum Preis von Kontrolle und Gefühlsverlust. Und wir sind dumm geblieben. Es ist tatsächlich, als ob Adam nie in den Apfel gebissen hätte.

Ich werde alles daransetzen, diese Zukunft, aus der ich selbst komme, zu verhindern. Was immer das für mich und leider auch Dich bedeuten wird. Vielleicht werden wir dann einfach verschwinden, als hätte es uns nie gegeben. Aber das Leben, das wir einst führen werden, ist kein Leben.

Ich bitte Dich, falls Du noch eine Gelegenheit findest: Komme hierher!

Verzeiht mir.

Epilog

Damit enden die Aufzeichnungen des Unbekannten. Ich weiß noch, wie ich damals nach den letzten Zeilen ratlos dasaß. Es fröstelte mich. Ich suchte in Gedanken einen Anhaltspunkt, um das Gelesene in Bezug zu meiner Realität zu setzen.

So sind wir Menschen: was wir sehen, wollen wir einordnen in das uns Bekannte, damit es uns weniger Angst macht.

Ich nahm schließlich mein Smartphone und recherchierte das Einzige, was mir möglich schien aus diesen Aufzeichnungen: einige Monate zuvor hatte es tatsächlich in einer Pension im Stuttgarter Westen gebrannt. Eine Person wurde seither vermisst. War er das? Oder der, den er den Chinesen nannte?

Von dem geschilderten Phänomen am Anfang, einem nächtlichen Lichtblitz, war dagegen keine Nachricht zu finden.

War diese Zeitreisegeschichte nun wahr? Sind solche Menschen unter uns? Oder handelte es sich um das schizophrene Schutzkonstrukt von jemandem, der womöglich ein schreckliches Unglück verursacht hatte? Oder gar einen Mord begangen hatte?

Angst kroch wieder von meinem Bauch in meinen Kopf. Ich fühlte, wie meine Muskeln sich verkrampften. Würde er gleich aus dem Gebüsch auftauchen? Ein Messer in der Hand?

Ich kenne keinen Aion, und ich hatte in den letzten Monaten keine Beziehung. Aber was tat das zur Sache? Er hatte das über uns vielleicht nur geschrieben, um seinem Bruder eine Begründung zu liefern, warum er hier bleiben wollte.

Oder hatte er die Zukunft geändert und alles war nun noch mal anders? War ich vielleicht gestern noch mit ihm zusammen und jetzt hatte er die Zukunft geändert und ich kannte ihn nicht mehr? Wie hatte er in etwa geschrieben? Das Heute ist nicht immer das Gestern von Morgen. Ich merkte, wie wirre Gedanken in mir aufzogen.

Es wurde mir immer unheimlicher zumute. Ich kramte meine Sachen zusammen.

Da fiel mir auf, dass noch etwas in dem Umschlag steckte, aus dem ich die Papiere geholt hatte. Es schien ein weiteres Foto zu sein. Ich zog es heraus und betrachtete es. Ungläubiges Staunen mischte sich mit unheimlichem Entsetzen. Das Foto zeigte einen weiblichen Androiden, eine Mischung aus Mensch und Maschine, mit Leitungen und Metall am Arm und seltsamen Augen. Sie lächelte den Betrachter an, vielsagend, aber auch mit durchdringendem Blick. War das Alina?

Das Wesen hatte jedenfalls große Ähnlichkeit mit mir, als ob jemand ihre Gesichtszüge nach meinem Vorbild geformt hätte ...

Da saß ich nun auf den Trümmern der Vergangenheit und sah in eine Zukunft, die vielleicht die unsere sein würde.

Oder auch nur einmal gewesen ist?

Ω

Danksagung

Mein Dank gilt allen, die mich bei der Erstellung dieses Buches unterstützt haben. Ein besonderer Dank geht an Isabell, Thomas und Andrea für das Korrekturlesen und das Feedback zum Buch.

Ebenso danke ich Andreas und seiner Familie für die Rückmeldungen nach dem Probelesen, aber auch für viele Gespräche im Laufe der Jahre, die auf ihre Art Einfluss auf dieses Buch hatten.

Ein Dankeschön geht an Daniela U. für einen besonderen Beitrag zum Cover. Nachdem ich von der damals noch unvollendeten Geschichte erzählt hatte, haben wir dank ihrer Initiative bei unserem Abschied noch das Foto für die Leserin auf dem Titelbild gemacht. Da musste das Buch nun auch wirklich fertig werden.

In meiner Jugend las ich auch die Cartoons, in denen ein berühmter Comic-Hund auf seiner Hundehütte sitzend Geschichten tippte, die er stets mit »Es war eine dunkle und stürmische Nacht« begann (was wiederum einen Bezug zu einem Roman von Edward

George Bulwer-Lytton hat und zum Motto eines Wettbewerbs um den schlechtesten Romananfang geworden ist), daher bringe ich immer mal wieder eine Variante davon in meinen Texten unter. »Es war Nacht, und niemand hat mich gesehen« ist also kein fragwürdiger Stil, sondern als kleine Hommage gedacht.

Bei dieser Gelegenheit sei für Interessierte noch ergänzt: Die im Text erwähnte Geschichte eines Mannes, der nach der Begegnung mit einer Frau an einem Tag sein ganzes Leben ändert, ist »Das Brot der frühen Jahre« von Heinrich Böll. Das ebenfalls erwähnte Buch über einen chinesischen Zeitreisenden aus der Vergangenheit sind die »Briefe in die chinesische Vergangenheit« von Herbert Rosendorfer. Die Darstellung des chinesischen Zeitreisenden in der vorliegenden Geschichte ist davon jedoch unabhängig und geht andere Wege.

Der Autor

Carsten Rabe, geboren 1965 in Stuttgart-Bad Cannstatt, ist Historiker und Germanist und war einige Jahre in der Wissenschaft tätig, daneben für Verlage, in der PR sowie als Dozent. Seit 1999 arbeitet er im baden-württembergischen Ministerium für Kultus, Jugend und Sport, ab 2007 als Referatsleiter für Jugendangelegenheiten. Neben seinem Hauptberuf schreibt er Romane und Erzählungen aus den Themengebieten Geschichte, Philosophie, Science-Fiction, Fantasy und Satire.

Als Eva den Apfel nicht pflückte. *Erzählungen.*
Im Selbstverlag bei Amazon KDP. Stuttgart 2021.
ISBN 979-8 511 651 224.

Was haben Eva, ein Osterhase, Max der Kakao, eine Regierungschefin und ein Schriftsteller gemeinsam? Sie alle wollen Sinn in ihre Existenz bringen und kämpfen dabei mit den Widrigkeiten des Lebens.
Fantasiereiche Kurzgeschichten, die mit Humor und Ironie

zutiefst menschliche Fragen aus neuer Perspektive beleuchten. Mit dabei: eine Geschichte, die lebt, eine hard-boiled-Variante der Osterhasengeschichte und der Erstabdruck einer Geschichte aus dem Jahr 1997.

Wir bitten um Verständnis. *Erzählungen für Bahnreisende. Im Selbstverlag bei Amazon KDP. Stuttgart 2019. ISBN 978-1 693 381 768.*

Warum wurden Adam und Eva aus dem Paradies vertrieben? Warum sind die Dinosaurier ausgestorben? Wie läuft es, wenn Satan beim Seelenabholen auf den öffentlichen Nahverkehr angewiesen ist?
Eine surreale Reise durch die Menschheitsgeschichte, vom Paradies bis ins 23. Jahrhundert, immer unter dem Aspekt des Bahnfahrens. Dabei auch die wahrscheinlich einzige Erzählung in der Literaturgeschichte mit Verspätung im Buch.

In der Serie »Historia Inferni« geht es um zwei Außendienstmitarbeiter der Unterwelt und ihre Abenteuer in unterschiedlichen Epochen der Menschheitsgeschichte, die sie oft versehentlich verändern.

In der Hölle gibt es keine Schokolade. *(Historia Inferni I). Im Selbstverlag bei Amazon KDP. Stuttgart 2017. 360 Seiten. ISBN 978-1 973 473 329*

Joe und Meph kommt eine schon sicher geglaubte Seele abhanden. Mitarbeitergespräche in der Hölle haben meistens etwas Finales an sich, und daher versuchen die beiden, den Untoten möglichst unbemerkt wieder einzufangen. Der wiederum will mithilfe eines ehrgeizigen Wissenschaftlers ins Leben zurückzukehren. Joe und Meph führt die Verfolgungsjagd nach Transsylvanien, in feministische Selbstfindungskurse, in die Hölle und in den Himmel, wo Goethe und Schiller Golf spielen. Und während das Projekt »Hölle 21« den Hölleneingang revolutionieren soll und Charon, der Totenschiffer, sein neues Sportboot ausfährt, lösen Joe und Meph ein großes Geheimnis der Literatur.

Achtung: schwere Kost mit literarischen Anspielungen und einem Genremix aus Klassik und Fantasy.

Die Amphore der Pandora. *(Historia Inferni II). Im Selbstverlag bei Amazon KDP. Stuttgart 2022. 295 Seiten. ISBN 979-8 835 725 076*

Jo hat seinen Namen geändert, denn er ist mit Meph diesmal im antiken Griechenland gelandet. Die beiden tun ihr Bestes, um den Verlauf der Menschheitsgeschichte aus diesmal zu verändern, wie immer mit zweifelhaften Ergebnissen, zumindest aus der Sicht ihres Chefs aus der unteren Etage.

Die Griechen wehren sich verzweifelt gegen einen übermächtigen Gegner. Die gerade erst mühsam erkämpfte Demokratie in Athen ist von Vernichtung bedroht. Satan hat seine Finger im Spiel, denn ein Sieg der persischen Invasoren hätte für ihn gleich mehrere Vorteile. Mitten in den sich bald überschlagenden Ereignissen verliebt sich Jo in die geheimnisvolle Pandora und hinterfragt bald sein ganzes bisheriges Tun. Ein Kampf gegen die eigenen Gefühle beginnt, aber die lassen sich nun mal nicht steuern, egal, was für ein Wesen man ist.

In einer vom Untergang bedrohten Welt kommt es schließlich für alle Beteiligten zur Entscheidung.

Alle Bücher sind auch als E-Books erschienen.